pour une barre de chocolat

Castor Poche
Collection animée par
François Faucher et Martine Lang

Titre original :
SUGAR MOUSE

Pour Frances

Une production de l'Atelier du Père Castor

JOHN BRANFIELD

pour une barre de chocolat

traduit de l'anglais par
CARLIE NADAL

illustrations de
YVES BEAUJARD

Castor Poche Flammarion

John Branfield, l'auteur, est né en janvier 1931. Père de quatre enfants, il vit avec sa femme et leur plus jeune fils en Cornouailles, à l'extrême sud-ouest de l'Angleterre.

« Pendant de nombreuses années, j'ai été professeur d'anglais, maintenant je suis écrivain à plein temps. J'ai d'abord écrit des romans pour adultes, puis des romans destinés à des lecteurs plus jeunes. Les thèmes en sont toujours très proches de ma propre vie.

« Ma fille aînée, Susan, venait d'avoir quatorze ans lorsqu'elle m'a suggéré un jour d'écrire un roman pour adolescents. Ensemble, nous avons mis au point un scénario, autour d'un thème qui nous touchait de près : un mouvement de protestation mené par des adolescents contre une usine d'armement chimique. Un centre de recherches à cette fin venait de s'établir non loin de chez nous, en Cornouailles. Tous les soirs, Susan lisait en feuilleton ce que j'avais écrit dans la journée. Avant même d'avoir terminé ce récit, j'avais trouvé le thème de mon prochain roman. J'y raconterais la lutte de ma fille cadette, Frances, contre la maladie qui venait de se déclarer chez elle, le diabète. Elle commençait à se faire des injections quotidiennes d'insuline. Je me suis mis au travail dès que possible. Mais je ne lui en ai rien dit, et je ne lui ai pas donné mon manuscrit à lire, chapitre par chapitre, comme je l'avais fait avec Susan.

« En fait, je craignais sa réaction. Je ne savais pas ce qu'elle penserait de l'entreprise. J'y mettais tout mon amour paternel, et j'essayais tant bien que mal de comprendre ce qu'elle ressentait. Mais bien sûr elle risquait de se dire que j'exploitais ses misères, et que j'empiétais sur sa vie privée. Le roman terminé, je l'ai glissé dans un tiroir, incapable de prendre une décision.

"Papa, tu as écrit un livre pour Sue, quand est-ce que tu en écriras un pour moi ?" L'heure était venue ; je lui ai répondu que c'était déjà fait. Elle a emporté le manuscrit dans sa chambre. Sa lecture terminée, elle est descendue au jardin, s'est assise sur la balancelle. Je suis allé l'y rejoindre. "Alors ? Qu'en penses-tu ?" lui ai-je demandé, le cœur battant. Elle a ri. "Ce n'est pas moi du tout, je t'avoue. Mais je le trouve très bien quand même." Elle l'a toujours aimé depuis.

« Pour moi, l'une des raisons essentielles d'écrire est de tenter de comprendre le monde qui nous entoure et les sentiments d'autrui. J'écris aussi pour le plaisir que procure le fait de donner forme à une idée par le juste emploi des mots. »

Du même auteur traduit en français :
Un chemin en Cornouailles, Castor Poche n° 116.

Carlie Nadal, la traductrice, est née et a grandi en Poitou, sur les bords d'une Sèvre Niortaise qui reste pour elle l'eau natale. Mais « comme le Chat-qui-s'en-va-tout-seul, dit-elle, tous lieux se valent pour moi ou presque, j'ai seulement besoin d'un peu d'eau et de beaucoup, beaucoup de ciel. »

« Ce qui me paraît capital dans *Pour une barre de chocolat...*, c'est l'accent de vérité de l'ensemble. Les thèmes de ce genre sont souvent traités comme si l'individu confronté à la maladie (ou à l'infirmité) était seul concerné, seul en cause. C'est sans doute d'ailleurs son point de vue à lui, et la révolte de Sarah est sur ce plan éloquente, mais le mérite de l'auteur ici est de souligner combien toute une famille peut être atteinte, voire mise en danger, par une situation de ce type. Car ce n'est pas seulement Sarah mais bien tous les membres de sa famille, collectivement et individuellement, qui doivent procéder à nombre d'ajustements délicats pour résorber la crise. Les rapports — tendus — entre les deux sœurs, les rapports mère-fille et père-fille sont dépeints avec justesse et humour ; la relation entre Sarah et sa chienne est analysée en finesse. Aucun propos de démonstration, simplement un récit qui sonne juste... et une excellente occasion pour les douillets et les je-ne-supporterais-jamais-ça (dont je suis) de se souvenir qu'il y a toujours mieux à faire que de s'apitoyer sur son sort. »

Yves Beaujard, l'illustrateur, a vécu dix ans aux États-Unis où il a gravé timbres-poste, billets de banque et portraits officiels. Revenu en France depuis plusieurs années, il consacre la majeure partie de son temps à la gravure et à l'illustration.

Pour une barre de chocolat...

Commencer la journée par une piqûre intradermique n'est sans doute pas la meilleure mise en train qui soit. Sarah Freeman, à douze ans, ne s'y résigne pas vraiment. Sarah est diabétique depuis l'âge de neuf ans, mais elle a beau savoir qu'il y va de sa vie, qu'il lui faut ces injections d'insuline, elle clame sa révolte : c'est injuste ; pourquoi elle ? Pourquoi est-ce elle, et non sa sœur par exemple, qui doit manier quotidiennement la seringue, surveiller son taux de glycémie, s'interdire les chocolats et autres douceurs ? Crises de larmes et scènes familiales, trêves et reprises des hostilités, l'univers de Sarah n'est que montagnes russes... Et pourtant, au travers des cahots, Sarah grandit et acquiert le sens des proportions. Le jour n'est plus si loin où elle décidera que, diabète ou pas, elle est d'abord une adolescente comme les autres.

Chapitre 1

— Sarah ! C'est l'heure !

Sarah grommelle tout bas et se cramponne à son rêve : sur son poney, au petit trot, elle longe une plage en lisière des vagues ; les sabots de Sam font voltiger l'écume. Sa mère n'a pas le droit de l'arracher à ce bonheur.

— Sarah, debout ! Il est déjà sept heures et quart !

— Hmmgn... Pas envie de me lever.

— Ne dis donc pas de sottises.

Mme Freeman traverse la chambre, dépose un plateau sur la table de nuit. Nul effluve tentateur ne s'en échappe. Le petit déjeuner au lit n'est pas dans les habitudes familiales. Un peu d'ouate, de l'alcool, une seringue, une aiguille dans une coupelle d'eau bouillie, un flacon d'insuline — voilà ce que contient le plateau.

— Et d'abord j'en ai marre des piqûres ! éclate Sarah d'un ton rageur, et elle s'enfouit sous les couvertures.

— Marre ou pas, il te les faut, dit sa mère simplement.

— Oui, eh ben je m'en fiche ! (Sous les draps, la voix étouffée tremble d'exaspération.) Et si je dis que c'est non, ce sera non, et ça ne regarde que moi.

Comme si c'était drôle, déjà, de se lever aux aurores pour aller en classe ! Mais quand en plus, au saut du lit, il faut se faire une piqûre... Charmante façon de commencer la journée !

Pour mieux clamer sa révolte, elle ressort la tête brusquement :

— Des piqûres ! Toujours des piqûres ! Moi j'en ai jusque-là des piqûres !

— Je te la prépare, dit sa mère d'une voix égale. Mais c'est toi qui devrais le faire, tu sais.

— Piqûre, piqûre et re-piqûre ! Voilà toute ma vie, tiens, maintenant !

Sa mère ne répond pas. Elle prend le flacon, l'élève à hauteur de ses yeux, goulot en bas. Elle enfonce l'aiguille à travers

l'opercule et, sourcil froncé, elle emplit la seringue.

— Voilà, dit-elle lorsqu'elle a extrait la dose exacte. Et maintenant, fais vite. Qu'on en finisse.

— Ferai ça après le déjeuner.

— Non, tu le fais maintenant. Tu sais bien ce qu'a dit le docteur : c'est au lever qu'il te la faut, cette piqûre. Avant de déjeuner. Il a bien insisté.

— Je la ferai quand ça me plaira.

— Sarah, ma patience a des limites. Il te faut de l'insuline et il te la faut tout de suite. Un point, c'est tout. Autant te faire une raison.

— On voit bien que c'est pas toi !

C'est vrai, à la fin ! Sa mère a été infirmière, il n'y a pas si longtemps ; ça l'a endurcie. N'empêche, si c'était elle qui avait besoin de piqûres...

— Enfin, Sarah. Il n'y a pas de quoi faire tant d'histoires. Des piqûres d'insuline, j'ai vu des enfants de cinq ans se les faire eux-mêmes.

— Pas pareil, marmotte Sarah.

Ces enfants de cinq ans, ce n'est pas la première fois qu'on les lui cite en exemple. Comme si la comparaison avait un sens !

Leur cas n'a rien à voir avec le sien. Ils sont nés comme ça, ils ont l'habitude. Pas Sarah. Elle, c'est seulement depuis l'été dernier qu'elle doit se faire ces fichues piqûres. Depuis la fin de l'école primaire — depuis ses onze ans. Et elle ne s'y fera jamais, elle le sait bien. Jamais.

Sa mère verse un peu d'alcool sur un bout de coton et le brandit, prête à tamponner l'emplacement choisi...

— Bien. Tu te la fais où ?

Sarah s'enroule dans les couvertures — blindage dérisoire.

— Je me sens toute drôle. Je suis un peu malade, je crois...

— Sarah. C'est bientôt fini, cette comédie ? Tu as classe, aujourd'hui.

Tout en parlant, sa mère lui saisit le poignet droit, crispé sur le drap à hauteur du menton.

— Voyons. Hmm. Ton pouls m'a l'air normal.

— Pas envie d'aller en classe.

Sa mère fait la sourde oreille. Elle tient toujours le poignet menu, elle cherche à extirper des draps le bras qui résiste.

— Tu devrais te faire cette piqûre dans le bras plus souvent, tu sais. A force de piquer toujours au même endroit, tu vas finir par te durcir la peau.

— M'en fiche.

Au contraire, même : ce sera beaucoup mieux. Plus la peau est dure, moins l'aiguille fait mal.

— Tu as tort. Tu as de jolies jambes, tu vas te les massacrer. Pour le moment, tu t'en moques peut-être, mais plus tard, tu verras. Tu t'en voudras pour ces vilaines marques.

— Je m'en fiche, de mes jambes ! Pour ce que j'en ai à faire !

Ce n'est tout de même pas comme si elle comptait devenir Miss Angleterre un jour !

Faussement docile, elle laisse sa mère étirer son bras nu et triomphe :

— De toute façon, celui-là, c'est mon bras droit. Pas question d'y faire la piqûre : j'ai besoin de ma main droite pour tenir la seringue !

— Tu devrais t'exercer à faire ça de la main gauche, au moins de temps à autre. Et surtout tu devrais changer d'emplacement tous les jours : jambe droite, jambe gauche, bras droit, bras gauche, et ainsi de suite. Au lieu de piquer toujours la jambe droite qui...

— Je peux faire comme ça me chante, non ? coupe Sarah en dégageant son bras d'une secousse pour le fourrer de nouveau sous le drap. Elle ne fait pas mine de se lever.

— Bien, dit sa mère. Je te laisse. J'ai fait tout ce que je pouvais pour toi. Je pose ça ici, je t'attends en bas. Tu as intérêt à faire vite si tu veux attraper ton bus sans courir ; ce n'est pas très indiqué pour toi.

— Eh ! s'il faut que je coure, je courrai, marmonne Sarah entre les dents.

Elle regarde sa mère quitter la pièce, la porte se refermer sur elle. Le plateau est là, sur la table de nuit. La seringue étincelle, verre et métal tout propres, piston prêt à l'action, aiguille dardée en aveugle. Ustensile abhorré — et pourtant fascinant à sa manière. En arrière-plan, sur le mur, un poster géant inventorie les différentes races de poneys. Le Dartmoor représenté ressemble à Sam comme un frère. Sam est un rouan bleu. Ses parents l'ont offert à Sarah l'été dernier ; en manière de compensation, pour l'aider à accepter ses misères. Sans ce diabète, elle le sait, elle n'aurait jamais eu de poney. Le portrait de Sam orne le mur d'en face, gravé sur une plaque d'ardoise — long chanfrein effilé, mèche sur l'œil. Parfois, Sarah se dit que sans ses ennuis Sam appartiendrait à quelqu'un d'autre.

Elle n'aime pas beaucoup cette idée. Elle le veut à elle, tout à elle, mais ce serait tellement mieux sans ce satané diabète... Son regard revient à la seringue.

Dans la chambre voisine, sa mère vient d'éveiller Jane. Sarah entend sa sœur se lever, gagner la salle d'eau d'un pas lourd. C'est toujours Sarah que leur mère éveille en premier. Pour lui laisser le temps de se faire sa piqûre.

Pourquoi moi ? se rebiffe Sarah. Une fois de plus, l'injustice de la situation lui fait serrer les dents. Pourquoi elle et pas sa sœur, ou n'importe quel autre membre de la famille ? Pourquoi pas Jane, qui est l'aînée ? Pourquoi faut-il que ce soit elle dont le corps ne fabrique pas d'insuline, si bien qu'il faut lui en injecter tous les jours ?

Outrée, elle lance à pleins poumons :

— D'abord c'est pas juste !

Et si vraiment la journée doit commencer par une piqûre, autant la différer le plus possible.

— Sarah, tu es levée ou pas ? s'informe sa mère depuis le couloir. Dépêche-toi, tu n'as plus une minute à perdre.

La rage au cœur, Sarah extirpe ses jambes de son lit. Elle tamponne d'alcool sa cuisse droite — toujours au même endroit — et saisit la seringue. A cet emplacement, la peau est brillante et légèrement tuméfiée, comme semée de petites taches blanches. Sarah plante la pointe de l'aiguille vers le pourtour de la zone lisse, soulève la peau, enfonce. Mais le piston semble coincé ; c'est à peine s'il réagit sous la poussée.

Jane fait irruption dans la chambre. Sarah lève le nez.

— Ah non ! Toi, fiche le camp !

— Mais je voudrais seulement...

— Fiche le camp !

— Je te demande pardon, je...

— Dis-pa-rais ! hurle Sarah à s'en étrangler.

Sa sœur s'éclipse. Bruits de pas précipités dans l'escalier. C'est leur mère qui vient enquêter. Sarah l'entend parlementer avec Jane sur le palier.

— Qu'est-ce que tu allais faire dans sa chambre ? cingle Mme Freeman d'un ton accusateur.

— Rien, je cherchais un chemisier propre.

— Et c'est dans sa chambre que tu vas chercher ça ?

— Ben, j'en ai pas trouvé dans la mienne.

— Tu sais bien comme elle est !

— Si on peut rien demander à sa sœur...
— Non, justement ; on ne peut pas. Tu le sais très bien.
— Mais je le lui ai demandé gentiment, je t'assure. Je lui ai dit...
— Laisse-la tranquille.
— Quelle famille ! cingle Jane en claquant la porte de sa chambre.

Mme Freeman frappe chez Sarah.
— Alors, ça y est ? Où en es-tu ?
— J'y arrive pas.
— Comment, tu n'y arrives pas ?

Elle entre. Sarah est assise au bord du lit, toujours en chemise de nuit. L'aiguille est plantée dans sa cuisse, de biais, comme tordue dans la chair. Le reste de la seringue gît sur la descente de lit.
— Mais... Comment as-tu fait ton compte ?
— Sais pas ; le truc a l'air coincé.
— Sarah ! Franchement ! Avec tout le soin que tu y mets, un de ces jours tu vas casser l'aiguille sous ta peau, et pour le coup, oui, tu auras des problèmes !
— Pas ma faute.
— Mais enfin, pourquoi fais-tu toujours ça au même endroit ?
— Dis ! C'est *ma* jambe, non ?

— Bon. Laisse-moi faire. Que je voie si je peux arranger ça.

Mme Freeman ramasse la seringue. L'aiguille s'enfonce droit ; Sarah pousse un cri.

— Allons. Un peu de cran, tout de même.

— Tiens ! J'aimerais t'y voir ! Ça fait terriblement mal, imagine-toi !

— Oui, enfin, tout est relatif.

Mais Sarah n'est pas convaincue, et continue de pousser des cris. Sa mère ne parvient pas plus qu'elle à enfoncer le piston, elle finit par retirer la seringue. L'aiguille extraite, apparemment, le piston fonctionne sans problème.

— Jamais vu ça, dit Mme Freeman. Il va falloir piquer ailleurs. Donne ton bras, que j'essaie.

— Sûrement pas.

— Alors, fais-le toi-même.

— Laisse-moi tranquille.

— Sarah ! Tu sais l'heure qu'il est ?

Mais Sarah se laisse aller à la renverse et s'enroule à nouveau dans les couvertures. Elle est à bout de nerfs.

— M'en fiche, moi, de l'heure ! Je vais nulle part ! Je reste au lit ! Et ta piqûre, tu peux te la garder ! Moi, tout ce que je veux, c'est qu'on me fiche la paix, je me balance du reste !

Le silence retombe sur la chambre. Sa mère est sortie.

L'instant d'après, Sarah entend ses parents discuter ferme sur le palier.

— Laisse-la donc manquer la classe aujourd'hui, plaide son père. Pour une fois...

— Oh, mais c'est exactement ce qu'elle cherche, rien de plus. Elle avait mijoté son coup dès hier soir, va.

— Bah, ça ne rime à rien de la forcer.

— Ha ! C'est là tout le problème : tu lui cèdes trop facilement. Elle exploite le filon.

— N'empêche. Mets-toi à sa place.

— Pour les piqûres ? C'est trois fois rien.

— Il n'y a pas que les piqûres. Elle joue la comédie. Tout ça, c'est de la mise en scène.

— Laisse-la donc se calmer, elle va se faire cette piqûre d'elle-même, gentiment, dans quelques minutes.

— Oui. Quand elle sera sûre de manquer la classe. Quand elle aura obtenu ce qu'elle voulait. Moi, j'appelle ça lui céder, alors qu'il faut qu'elle apprenne. Mais je te préviens : si elle manque la classe, je l'emmène chez le docteur. Dès ce matin. Et je lui dirai la vie infernale qu'elle nous fait mener !

Sarah se renfonce sous les couvertures. Comme chaque fois après pareille scène, elle est déchirée. D'un côté, elle est certaine de son bon droit. Pourquoi faut-il que ce coup du sort soit tombé sur elle, et elle seule ? C'est de l'injustice pure, elle n'a rien fait pour mériter ça. D'un autre côté, maintenant qu'elle est parvenue à ses fins, elle n'est plus si sûre d'avoir raison. En gros, la révolte l'emporte, elle étouffe les remords. Mais un brin de culpabilité persiste, qui gâche tout.

En bas, chacun s'affaire, la journée commence. Une porte claque. Le car scolaire s'arrête au bas de la route, il repart. Le facteur glisse le courrier dans la boîte aux lettres. La voiture paternelle démarre, manœuvre, s'éloigne.

Dans son cocon, en chien de fusil, Sarah tente de se rendormir.

Chapitre 2

Neuf heures. Mme Freeman fait irruption dans la chambre, munie d'un second plateau. C'est bien le petit déjeuner, cette fois : un œuf à la coque, deux minces tranches de pain grillé beurré, un demi-verre de lait.

— Maintenant, il te faut cette piqûre et ensuite, tu manges un peu, sinon tu vas être malade ! annonce-t-elle d'un ton péremptoire, comme s'il lui fallait justifier cette gâterie : un petit déjeuner au lit.

De fait, elle a mauvaise conscience. A ses yeux, Sarah manque la classe sans raison, et ce déjeuner sur un plateau ne fait qu'aggraver la situation. Mais la santé de sa fille a priorité, malgré tout.

— Ma piqûre ? dit Sarah. C'est fait.

Sa mère jette un regard en direction de la table de nuit. La seringue est vide ; Sarah dit vrai.

— Et tu te l'es faite où ?

— Dans ma jambe gauche.

— Sans problème ?

— Sans problème.

— Mais Sarah ! s'inquiète Mme Freeman soudain. Tu sais bien qu'après ta piqûre il faut que tu manges aussitôt ! Tu risques de tomber dans le coma ! Il ne faut jamais faire ça !

Il faut. Il ne faut pas. Sarah soupire. Quoi qu'elle fasse, elle est dans son tort.

— Oh, mais je viens juste de la faire, va. J'allais descendre.

— Mange. Vite.

Sarah s'assied dans son lit. Sa mère dépose le plateau sur ses genoux, décapite l'œuf à la coque. Une grande enveloppe brune est posée au coin du plateau.

— Il y avait ça pour toi, au courrier. C'est tout ce qu'il y a aujourd'hui, d'ailleurs.

Sarah jette un coup d'œil à l'enveloppe. Bof. C'est le bulletin de l'Association des diabétiques. Rien de passionnant. Elle prend l'enveloppe par un coin, l'envoie voltiger au bout de son lit.

— Tu ne veux pas le lire ?

— Non.

Mme Freeman récupère le bulletin et commence à le feuilleter, assise sur le bord du lit. Sarah s'attaque à son pain grillé.

— Il y a pourtant des choses intéressantes, là-dedans, ma foi.

— Pas mon genre.

— Mais pourquoi ?

Sarah ne répond pas immédiatement ; elle est trop occupée à engloutir ses tartines. Sa bouchée avalée, elle explose :

— Tu parles ! Ils sont tous des anges, là-dedans ! Tous ! Jamais une plainte, jamais un regret. Les piqûres, ils adorent ça, et tout et tout ! Je ne peux pas les sentir !

— Tu devrais lire certains articles, pourtant. Tu y ferais des découvertes.

— Pas envie de faire des découvertes.

Elle a terminé son œuf, ses tartines, son demi-verre de lait. Sur le plateau, plus une miette.

— Ouais, eh ben, j'ai encore faim, moi, après ça.

— Désolée, tu n'as pas droit à davantage.

— Mais je meurs de faim !

— Il faut essayer de t'en tenir à ton régime.

— Juste une tartine de plus, une toute

petite tartine de beurre ! Maman. S'il te plaît.

Sa mère fait non d'un signe de tête et change de sujet.

— Maintenant, habille-toi vite, les consultations se terminent à midi.

— Quoi, on va chez le médecin ? Alors là, sûrement pas !

— Ecoute, Sarah. Si tu n'es pas assez en forme pour aller en classe, il faut voir un médecin.

— Je vois pas le rapport !

— Mais moi je le vois. Et je t'emmène chez le médecin, quand bien même je devrais t'y traîner de force. Alors, tu te prépares en vitesse — et n'oublie pas de me laisser un petit échantillon ! conclut Mme Freeman tandis que Sarah se lève.

Sarah pousse un grognement et s'enferme dans les toilettes.

Debout devant l'évier, sa mère effectue l'examen d'urine. Quelques gouttes dans un flacon de verre, un peu d'eau, le comprimé de réacteur chimique.

— Sarah ! Viens voir un peu par ici !

Sarah s'approche en traînant les pieds.

— C'est toi qui devrais le faire, ce test, je

te rappelle. Si nous faisions mettre un lavabo dans ta chambre, dis-moi ? Tu le ferais toute seule, dans ce cas-là ?

— Hmm. Pas sûr.

— En principe, il faudrait faire ça tous les matins. Et noter les résultats. Mais toi, pour trois malheureuses gouttes d'urine, tu fais tout un cirque ! Dis-toi bien, pourtant, que ça ne rime à rien de faire ce test tous les trente-six du mois... Là. Voilà. Maintenant, regarde !

Dans le flacon de verre, le liquide commence à frémir. Il se trouble un instant, puis devient bleu à vue d'œil.

— Bizarre, commente Mme Freeman. Pas de sucre. Pas du tout.

Elle fait tournoyer le liquide dans le récipient pour plus de sûreté, l'élève à hauteur de ses yeux, à contre-jour dans le soleil. La couleur ne varie pas — un bleu métallique.

— Et alors ? demande Sarah. C'est bien ou pas ?

D'ordinaire, la solution tourne à l'orangé, ce qui signifie plus de deux pour cent de sucre.

— Difficile à dire... L'échantillon a été prélevé après ta piqûre. Il faut absolument que tu songes à me mettre un peu d'urine de côté dès que tu sors du lit le matin.

Il faut. Il ne faut pas. Il faut... Depuis des mois, c'est le refrain. Sarah a l'impression de naviguer entre interdits et obligations. Il n'y a donc jamais moyen d'être tranquille ?

— Bizarre, poursuit sa mère, songeuse. Apparemment, la situation s'est inversée. Il faut pourtant essayer d'aboutir à un équilibre. Autour de un pour cent, par exemple ; ça m'aurait l'air raisonnable.

Sarah détourne la tête. Sa mère en a de bonnes ! Le moyen de dire à son organisme qu'au-dessus de un pour cent c'est trop, et au-dessous d'un demi pas assez ?

— J'y suis pour rien, moi ! marmonne-t-elle à mi-voix.

— Si. Tu pourrais faire un peu plus d'efforts. Etre plus ponctuelle pour ta piqûre, par exemple. Suivre plus sérieusement ton régime...

— De toute manière, avec toi, rien n'est jamais bien !

Les larmes jaillissent sans crier gare, rien ne les arrêtera plus.

Au long des quelque trois kilomètres qui séparent la maison du cabinet médical, en plein bourg de Stennack, Sarah pleure en silence, dents serrées. Elle chemine sans mot dire derrière sa mère, attentive à conserver entre elles deux un écart éloquent. Tantôt les larmes roulent sans retenue, tièdes et lisses, sur ses joues, tantôt elles tarissent brusquement, pour reprendre de plus belle quelques minutes plus tard. Elle pleure sans bruit, sans à-coups, sans même chercher à endiguer le flux.

C'est un matin splendide, un matin de premier printemps. L'ajonc fleurit jaune d'or au sommet des talus, le ciel est d'un bleu profond. Derrière le coteau, la mer chatoie en camaïeu de verts et de bleus. Par endroits, elle est presque mauve. Un matin rêvé pour une escapade à poney.

Sarah traîne les pieds le long du chemin creux. Son père a pris la voiture pour aller donner ses cours à l'école d'art où il enseigne, mais elle a l'habitude de marcher. Manquer la classe pour aller chez le médecin à pied, c'est presque la routine pour elle. Elle l'a fait par tous les temps, y compris dans la neige, une fois. Dans son souvenir, toutes ces expéditions se confondent jusqu'à n'en former qu'une — une longue marche interminable, en automate, sur les talons de sa mère. Sa mère qui marche vite et qu'elle a du mal à suivre.

Voilà bientôt trois ans que ses misères ont commencé. Elle venait d'avoir neuf ans et elle était toujours fatiguée. Elle avait toujours soif, aussi, si terriblement soif qu'elle se ruait sur le robinet pour y avaler plusieurs verres d'eau d'affilée. Alors, sa mère l'a emmenée chez le médecin. C'est ce jour-là qu'ont débuté les longs trajets rituels vers le bourg. Le médecin lui a fait une prise de sang, et le verdict est tombé : diabète. Depuis, Sarah a l'impression de n'avoir plus cessé de parcourir l'itinéraire sempiternel : de la maison au cabinet médical, du cabinet médical à la maison.

Durant toute la première année, le traitement s'est résumé à la prise de comprimés, assortie d'un régime sévère. Affamée, sous-alimentée en permanence, Sarah est devenue mince comme une allumette. Puis on l'a conduite chez un spécialiste, qui a levé les bras au ciel et décrété son traitement absurde. Il lui a ordonné des injections quotidiennes d'insuline et l'a autorisée à manger un peu plus. C'était l'an dernier, juste comme elle entrait au collège. Et cette année, elle a beaucoup manqué.

Sa mère s'est arrêtée pour l'attendre.

— Regarde donc ce ciel. Qu'il fait beau ! Tu entends l'alouette ?

Sarah prend la remarque pour un reproche déguisé. Visiblement, sa mère l'accuse de ne pas savourer ce matin de printemps. Elle se renfrogne un peu plus encore.

— Quelle chance nous avons de vivre ici, tout de même ! poursuit sa mère imperturbable. La mer, les grands horizons... Rien à voir avec la banlieue où j'ai grandi.

— Bof, vivre ici ou ailleurs... Pour ce que ça y change !

— Tu ne pourrais pas avoir Sam, tu sais, si nous vivions en ville.

— Non, mais je n'aurais pas non plus à faire des kilomètres à pied pour aller chez le médecin.

— Sarah, franchement ! Comment peux-tu être d'aussi mauvaise foi ? Si tu savais le nombre de choses pour lesquelles tu devrais remercier le ciel, si seulement tu daignais les voir !

Mais Sarah double sa mère et poursuit

sans lever les yeux, petite silhouette menue au visage ovale et pâle.

Les pavillons de l'entrée du bourg laissent place aux maisons plus anciennes, nichées autour de l'église. Le cabinet médical est dans la rue principale. Sarah et sa mère prennent place en silence dans la salle d'attente. Il n'y a pas grand monde avant elles, mais le Dr Bodinnick est un médecin de campagne, il prend son temps avec ses patients. De temps à autre, on l'entend rire fort, ou poser une question de sa voix sonore — à croire que toute sa clientèle est sourde comme un pot. Sarah feuillette un magazine, mais elle n'a pas le cœur à lire. Après une bonne heure d'attente, son tour arrive enfin.

A peine entrée dans le cabinet, elle se dirige vers la balance — c'est toujours par là que l'auscultation commence.

— Trente-neuf huit, dit le médecin.

Il farfouille dans son dossier en fredonnant. Puis il se tait ; il a trouvé. Il s'écrie, l'air de plaisanter — c'est sa manière habituelle :

— Hélà, mais ce n'est pas bien du tout, ça,

jeune fille ! Deux kilos de plus qu'à la dernière pesée. C'est plus que permis, demoiselle !

Sarah se rembrunit. Ces fausses plaisanteries, elle en a horreur. Elle ne voit rien de drôle dans l'affaire.

— Dites, faudrait pas exagérer ! C'est normal que je prenne du poids. Je grandis, moi, au cas où vous l'auriez oublié. Je ne vais quand même pas peser trente-huit kilos toute ma vie !

Le docteur éclate de rire, ce qui exaspère Sarah plus encore. Elle a horreur qu'on se moque d'elle.

— Seigneur ! s'écrie le Dr Bodinnick. On s'est levée du mauvais pied, ce matin, si je comprends bien ?

Alors Mme Freeman y va de son couplet. Elle raconte tout par le menu : Sarah est de plus en plus « difficile » ; elle refuse de suivre son régime, de se prendre en charge elle-même, de faire preuve du moindre sens des responsabilités ; il n'y a pas moyen de lui faire faire ses analyses d'urine ou d'en noter les résultats, elle remet à la dernière minute le moment de faire sa piqûre, si bien qu'elle manque le car scolaire, elle...

Sarah écoute, pétrifiée. C'est de la trahison ! Sa mère n'a pas le droit de divulguer ce genre de détails à quelqu'un qui n'est pas de la famille ! Et puis, c'est sa version des choses. Ce qu'elle expose là, ce sont ses ennuis à elle, ceux d'une mère qui a la malchance d'avoir une fille diabétique. Pas un mot de ce que souffre la fille en question — et pourtant c'est elle qui endure le pire, non ?

Les larmes sont de retour — des larmes de colère, cette fois. Sarah se mord la lèvre pour se retenir d'exploser.

— Alors, jeune fille ? dit le Dr Bodinnick en la fixant d'un air sévère par-dessus ses lunettes lorsque sa mère en a terminé. Qu'avons-nous à dire pour notre défense ? On fait la vie dure à sa mère, ces temps derniers ?

Sarah reprend souffle à grand-peine :

— Ce matin, je ne sais pas pourquoi, j'ai eu un mal fou à faire ma piqûre.

Sa mère reprend la parole pour exposer les faits. Le docteur se tourne vers Sarah.

— Je vois : le problème, c'est que tu fais toujours ta piqûre au même endroit. Le derme durcit, l'insuline ne pénètre plus. Ou bien, si elle pénètre, elle s'accumule sous la peau et diffuse à contretemps. Tu risques l'hypoglycémie, à ce petit jeu, et tu sais ce que ça signifie.

— Je sais.

— Cela signifie que l'insuline va épuiser brutalement tout le sucre contenu dans ton sang. Résultat : panne d'énergie disponible, et un état de faiblesse pouvant conduire à l'évanouissement, sauf apport immédiat de sucre.

Le médecin examine sur sa jambe l'emplacement incriminé.

— Pas joli, joli, dis donc. Tu vas te retrouver avec un ulcère si tu continues de faire ta piqûre à cet endroit. Change un peu, nom d'une pipe ! Même le ventre peut convenir, dis-toi. C'est bien rembourré. Fais-y ta piqûre de temps à autre.

Sarah fait non en plissant le nez.

— Mais enfin ! tonne le médecin. En voilà des histoires pour une simple piqûre ! Il n'y a pas de quoi fouetter un chat !

— Les piqûres, lance Sarah, c'est la barbe et ça fait mal !

— Tu veux que je te dise ? Tu t'écoutes beaucoup trop. Il serait grand temps que tu cesses de te lamenter sur ton sort et de rendre tout le monde malheureux autour de toi. Il faut te prendre un peu en charge, que diable !

— Oui ! éclate Sarah, Seulement c'est facile de dire ça aux autres ! Vous verriez, tiens, si c'était vous !

— Dis donc, jeune fille ! riposte le docteur de sa voix de stentor. Je n'aime pas beaucoup qu'on me parle sur ce ton ! Moi aussi, je peux crier — et plus fort que toi !

— N'empêche que c'est vrai ! crie Sarah. Vous non plus, vous n'aimeriez pas ça, les piqûres ! Pas plus que moi ! Vous ne voudriez même pas vous en faire, je parie !

— Tu dis n'importe quoi ! rugit le docteur plus fort que jamais.

Il s'est levé, il retire sa veste. Sarah croit qu'il va la frapper. Elle bondit se réfugier derrière sa mère. Mais le docteur jette sa veste sur le dossier de sa chaise, il remonte sa manche de chemise jusqu'au coude. Il empoigne une seringue sur sa table roulante, la remplit d'eau distillée. L'aiguille est énorme, c'est une numéro deux au moins.

— Une piqûre, ce n'est rien du tout ! aboie-t-il en brandissant le tout.

Et il se plante l'aiguille dans le bras,

presse sur le piston, s'injecte tout le contenu de la seringue.

— Tu vois bien : pas de quoi faire un plat. A peine si on le sent !

Il retire l'aiguille.

Mais il n'a pas dû l'enfoncer d'une main sûre. Le sang jaillit et coule le long de son bras.

— Crénom, marmonne-t-il en fourrageant dans ses accessoires pour y prendre un bout de coton.

Sa manche lui retombe sur le poignet et se macule de sang. Le poignet pendouille, le sang lui coule le long de la main. Il gagne le lavabo à grandes enjambées et met son bras sous le robinet.

Sarah se tait. La scène a quelque chose d'inquiétant, mais tout au fond d'elle-même, elle triomphe : pas si simple que ça, finalement, une piqûre !

Le docteur ne fait aucun commentaire. Il regagne son bureau et se met à griffonner. Puis il déclare d'une voix très calme :

— Bien. Je vous prescris des calmants, Mme Freeman. Et je crois qu'il serait bon que Sarah voie le psychiatre pour enfants.

Elles retraversent la salle d'attente sans mot dire.

Sarah garde les yeux rivés au sol. Tout, plutôt que croiser le regard des autres patients. Sûrement, ils ont entendu ses éclats. Jamais regagner la rue n'a été un tel soulagement.

— Maman... J'ai un peu les jambes en coton.

— Tu m'étonnes, vu l'heure qu'il est ! Il te faut quelque chose, et vite. Tant pis, allons dans un café.

Elles pressent le pas vers le *White Chough*, un peu plus bas dans la rue. L'établissement fait aussi confiserie, et Sarah s'attarde devant le comptoir, perdue dans la contemplation des bonbons. Sa mère la rappelle à l'ordre.

— Sarah ! Tu sais bien que ce n'est pas la peine.

— Attends, laisse-moi regarder.

— Ce que tu vas y gagner, c'est de te rendre malheureuse. Tu sais très bien que tu n'as droit à rien de tout ça.

La vitrine est garnie d'œufs de Pâques dans toutes les interprétations possibles. Soudain, Sarah avise un bocal de souris en sucre. Les sucreries, pour elle, c'est fini.

Lorsque Jane reçoit des bonbons, Sarah a droit un petit bibelot. Sa collection de sujets de porcelaine occupe toute une étagère.
— Maman, s'il te plaît, je pourrais en avoir une ?
— Une quoi ? Une souris en sucre ? Tu sais bien que non, voyons !
— Mais pas pour la manger ! Juste pour décorer !
— Ce serait une tentation permanente.
— Mais je la mettrais dans ma collection, avec mes sujets. Je ne la mangerais qu'en cas d'urgence absolue, s'il me fallait du sucre à tout prix.
— Bon, bon, d'accord, cède Mme Freeman et elle achète la petite souris de sucre rose.

Sarah contemple son acquisition. Ce museau pointu lui plaît.

La salle sombre du café somnole dans une torpeur de morte saison. En plein été, on s'y bouscule. Aujourd'hui, Sarah et sa mère n'ont que le choix de la table. Elles s'installent dans un angle, près d'une fenêtre. De là, on a vue sur toute la rue.

Ce café, Sarah l'aime bien. Elle trouve du charme aux tables rondes, aux lambris, aux poutres enfumées du plafond. Mais ce qu'elle apprécie d'abord, c'est que la visite médicale soit terminée. Le reste de la journée s'annonce mieux. Et ce n'est pas détestable non plus d'avoir sa mère tout à soi, pour une fois. Surtout lorsqu'on devrait être en classe, les yeux sur un livre de maths et non sur ce menu aux images alléchantes.

— Oh ! Maman, tu as vu ?

Au centre de la pièce trône le chariot à desserts, couvert de pâtisseries variées : gâteaux au chocolat, au café, fourrés de plusieurs couches de crème, somptueusement glacés et ornés de cerises confites...

— Bah, dit Mme Freeman très vite. Si ça se trouve, ils sont plus beaux que bons.

— Tu te souviens, quand on allait dans ce salon de thé où on avait le droit de manger autant de gâteaux qu'on voulait ? Tu te rappelles comme on se régalait, chaque fois qu'on y allait ?

— Je me rappelle très bien.

— C'était avant que j'aie mon diabète.

La serveuse s'approche. Mme Freeman commande deux cafés et des biscuits.

— Maman ?

— Oui.

— Si j'avais besoin de sucre, là, maintenant, est-ce que je pourrais avoir une tranche de

gâteau ? Je veux dire, ce serait bien la même chose que deux ou trois morceaux de sucre, non ?
— Malheureusement non, Sarah.
— Mais pourquoi ?
— Parce que rien ne passe aussi vite dans le sang que du sucre pur.
— Mais tu sais, si je prends du café, je serai déjà mieux.
— Pourquoi ? Tu sens que tu as besoin de sucre ?
— Difficile à dire. Je me sens un peu drôle, mais bon, je pense que je peux attendre le café.

Le café arrive bientôt, accompagné de biscuits. Ils sont servis en petits paquets, enveloppés de Cellophane. Ce sont tous des biscuits à la crème ou abondamment décorés de sucre.
— Euh, pas ce genre de biscuits s'il vous plaît, dit Mme Freeman. Vous n'auriez rien de moins fantaisie, sans sucre ?
— Je vais voir, dit la serveuse d'un ton agacé.

Sarah ouvre le sac de sa mère pour y prendre l'édulcorant. Pour une fois, elles ont songé à prendre la boîte. Elle en glisse une tablette dans son café, tourne sa cuiller dans le liquide brûlant.

La serveuse réapparaît. Elle est désolée, il n'y a pas de biscuits ordinaires.

— C'est ennuyeux, dit Mme Freeman. Il faut pourtant qu'elle mange quelque chose et elle n'a droit à rien de sucré. Elle est diabétique, vous comprenez.

Sarah pique du nez sur son café. Elle a horreur qu'on dévoile ses malheurs en public.

— Nous avons quelques crackers, propose la serveuse.

— Oui, ce serait parfait, je vous remercie.

Sarah prend une gorgée de café. L'édulcorant lui a donné un goût métallique. Elle pousse l'assiette de biscuits vers sa mère.

— Maman, prends-en, toi, au moins !

— Non, merci. Je ne prends rien.

— Je t'assure. Moi, ça m'est égal, tu sais. Tu peux même prendre une part de gâteau au chocolat, si tu veux.

— Pas question, ça fait grossir. Je veux devenir aussi mince que toi.

— Alors un biscuit. Juste un biscuit.

— Bon, d'accord.

Mme Freeman ouvre un paquet de biscuits parsemés de gros sucre blanc et entreprend d'en grignoter un. Elle n'a pas l'air d'y prendre grand plaisir.

Sarah non plus ne savoure pas vraiment son café. Quant aux crackers, ils sont trop secs et dépourvus d'inspiration. Les miettes collent à son palais, seul le café les en déloge. Elle est déçue. Cette dînette en tête à tête, elle s'en faisait une fête. Mais le plaisir n'est pas au rendez-vous, et pour comble d'infortune la voix forte du médecin sonne encore à ses oreilles comme dans un conte de sorcellerie.

— Maman... Qu'est-ce qu'il a voulu dire, le docteur, tout à l'heure ? A la fin ?

— Il aimerait que tu voies un autre docteur.

— J'en ai déjà bien assez vu, des docteurs.

— Oui mais, une autre sorte de docteur. Quelqu'un qui pourrait peut-être t'aider à mieux accepter ton diabète...

— Oh alors là ! Bon courage ! M'étonnerait qu'il y arrive, quand même il y passerait des années !

Sarah pose sa tasse et, d'une main machinale, elle presse la souris de sucre dans son papier, au fond de sa poche.

Chapitre 3

Le retour paraît moins long et moins fatigant que l'aller, mais sans doute est-ce seulement parce qu'il y a la maison au bout, plutôt qu'un dispensaire et un homme en blouse blanche. Après le déjeuner — une salade et des fruits —, sa mère demande à Sarah ce qu'elle compte faire. Une petite sieste ne serait peut-être pas une mauvaise idée ? Ou au moins s'étendre sur son lit avec un livre, un livre de classe par exemple, pour tenter de rattraper les cours qu'elle manque aujourd'hui ?

— Servirait à rien, dit Sarah. Sans les explications du prof, tu sais...

— En tout cas, moi, pour ce qui est de m'occuper, je n'ai que l'embarras du choix. Déjà deux heures de l'après-midi et je n'ai pas touché au ménage !

— Est-ce que je peux faire un tour avec Sam ?

— Sûrement pas !

— Pourquoi ?

— Quand on ne va pas en classe, on ne va pas non plus courir la campagne.

— Mais j'irais, moi, en classe, si j'avais un moyen de transport !

— Tu dis ça uniquement parce que tu sais que, faute de véhicule, je ne risque pas de t'y conduire.

— En plus, Sammy manque d'exercice.

— Tu as toutes tes soirées pour le monter.

— Et ce soir, dis, je pourrai ? Parce que autrement, quand il reste trop longtemps sans se promener, il devient infernal. Plus moyen de le tenir.

Mme Freeman hésite.

— Hmmm oui. Je pense que oui, c'est envisageable.

— Mais alors, pourquoi pas maintenant, pendant qu'il fait grand soleil ?

— Parce que tu devrais être en classe.

— Moi, je ne vois pas la différence, que je fasse cette balade maintenant ou plus tard. Sauf que le soir il y a le repas, si bien que j'ai pas beaucoup de temps devant moi.

Franchement, ce serait plus logique d'y aller maintenant.

— Oui, bon, ça va ! cède sa mère à bout de résistance. Va donc la faire maintenant, ta balade ! Au moins, j'aurai un peu la paix !

— Oh, merci, Maman ! Merci !

— Mais tâche d'être de retour ici pour quatre heures et demie, hein ? Quand tu rentres de classe, à cette heure-là, il est toujours grand temps que tu prennes quelque chose.

— D'accord, je serai là à quatre heures et demie !

— Et tu as bien quelques morceaux de sucre sur toi, dis-moi, pour le cas où ?

— Euh... Non, mais j'en prends tout de suite.

— Là ! Je m'en doutais ! Tu devrais toujours en avoir sur toi. Sans qu'on ait besoin de te le répéter. Il faut te prendre en charge, Sarah ! Désolée si j'ai l'air de radoter !

— J'essaierai, Maman. Je t'assure. Merci, à tout à l'heure !

Sur ce, sans perdre une seconde, Sarah décroche le licou derrière la porte et se glisse au-dehors.

Le sentier qui mène au pré de Sam se faufile entre les ronces et les ajoncs, sous les arbres battus des vents. En haut de la pente, une barrière à cinq lisses marque l'entrée du pré.

— Sammy ! Sammy ! appelle Sarah avant même d'ouvrir.

Le poney broute paisiblement. En entendant son nom, il lève la tête sans hâte. Sarah se coule dans le pré, referme la barrière, s'avance vers le poney.

— Sammy, mon gros ! C'est moi. Viens par ici, vieux.

Il s'ébranle dans sa direction. Il avance, il accélère le pas. A la dernière seconde, comme il est presque à longueur de bras, il oblique et se dérobe.

Elle l'appelle de nouveau, il répète le manège : il feint de venir à elle, puis change de direction au dernier moment.

— Samuel, lui dit Sarah, sévère. Je vais me fâcher, tu sais.

Il se laisse approcher sans presque un frémissement, elle lui empoigne la crinière par surprise... mais il se dégage d'un coup sec. Encore raté.

Alors Sarah sort un morceau de sucre de sa poche et le lui tend sur sa paume, à plat.

— Allez, Sam, sois gentil. S'il te plaît.

Sam s'approche d'un pas tranquille,

Sarah lui passe le licou. Il a droit à un deuxième sucre, en récompense.

Elle le mène par la bride le long de l'étroit sentier. Sous le soleil de l'après-midi, l'ajonc sent la noix de coco. Le jaune vif de ses fleurs tranche sur le bleu du ciel. Plus bas sur la pente, le toit d'ardoise luit d'un éclat dur, mais les collines alentour ont encore leurs teintes brunes de l'hiver. Un triangle d'océan, bleu-vert, éblouissant, s'encadre dans une échancrure. Sarah respire à pleins poumons.

Elle selle son poney derrière la maison — non sans peine, parce qu'il a grossi et que la sangle est devenue trop courte. Il a vraiment besoin d'exercice.

Quelque part à l'étage, un aspirateur ronronne. Enfin prête, Sarah lance un dernier « A t't à l'heure ! » en direction de la fenêtre ouverte, mais sa mère n'a pas dû entendre car rien ne répond. Sarah dirige sa monture vers la route, puis s'engage sur un chemin caillouteux qui plonge au creux du vallon.

Elle n'a pas parcouru cent mètres qu'un véhicule surgit au détour du chemin, une grosse voiture grise qui vient dans sa direction. Bizarre. L'endroit est peu fréquenté, surtout à cette saison. Pour laisser le passage, Sarah dirige Sam dans les bruyères. Le chauffeur, un gros bonhomme engoncé dans une canadienne, la remercie d'un signe de main.

La voie est de nouveau libre, et le chemin à peu près plat. A condition de longer le bas-côté, il n'est pas trop pierreux non plus, et Sarah met sa monture au trot. Peu après, délaissant le chemin, elle oblique vers les falaises en direction de sa grève favorite, à trois ou quatre kilomètres de là. Le sentier à peine marqué laisse bientôt place à l'herbe rase. La montée se fait plus raide, c'est le point culminant de la promenade, la crête du coteau : l'endroit idéal pour piquer un galop. La mer est là, devant, partout, la mer mariée à la terre, cap après cap, crique après crique, une plage ici, une autre là, une poignée de récifs et d'îles, mais surtout des falaises — des kilomètres et des kilomètres de falaises à pic, ourlées d'écume aveuglante. Sam et Sarah franchissent la crête à vive allure, comme pour prendre leur vol au-dessus de ce paysage, mais peu après, progressivement, Sarah fait ralentir son poney et le remet au petit trot.

Ses malheurs de la matinée s'effacent

comme un mauvais rêve au grand jour. Plus rien n'a l'air d'avoir d'importance lorsqu'elle court dans le vent avec Sam. Bon vieux Sam. Que ferait-elle, sans lui ?

Elle le met au pas en douceur, s'incline pour lui caresser l'encolure :

— Sam ? Mon tout beau ! Gentil, gentil Sam !

Elle se sent le cœur si léger soudain qu'il lui semble que même une piqûre, à l'heure qu'il est, ne lui ferait ni chaud ni froid. Ce serait comme ils le disent tous : « Trois fois rien. » L'ennui, c'est que cet état de grâce n'a jamais lieu au bon moment. Surtout que la piqûre est à faire le matin, au réveil, le pire moment qui soit... Au fait, et si Sarah suggérait de faire son injection plutôt le soir ? Oui, mais non, jamais ils n'accepteraient : parce que ça ne rimerait à rien de se charger d'insuline pour la nuit, alors qu'aucun apport de nourriture ne vient fournir l'équilibre. Inutile de rêver.

Sam s'est arrêté tout à fait. Il profite de l'intermède pour brouter un peu d'herbe à sa portée. Sarah repousse résolument toute pensée de piqûres et autres réjouissances. A quoi bon gâcher une aussi belle balade ?

— Hé, vieux frère, c'est pas l'heure du casse-croûte !

Un petit coup sur les rênes pour rappeler Sam à son devoir, et elle le dirige sur la sente en lacet qui descend vers la grève.

La plage est déserte, la marée basse. Au bas du sentier, Sarah remet Sam au galop. Il s'élance jusqu'au ras de l'eau, soulève des gerbes d'éclaboussures. Plus loin, de lourds rouleaux se gonflent et s'écroulent comme des murailles, mais Sarah se contente de maintenir Sam dans les vaguelettes, là où la houle vient mourir tout doucement sur le sable. Ce qui ne l'empêche pas d'être trempée jusqu'à mi-cuisses.

Elle espérait faire le retour en commençant par longer les grèves plutôt qu'en revenant sur ses pas, mais la mer n'est pas assez basse, et qui plus est elle a tout l'air de remonter. Sarah scrute l'horizon sur sa gauche. Quelque part dans les parages, l'épave d'un vapeur émerge à marée basse ; lorsqu'on l'aperçoit, on peut passer sans risque. Mais décidément, l'épave est invisible. Longer le pied de la falaise serait trop risqué. Mieux vaut faire demi-tour et regagner les hauteurs.

Après tant de mouvements, Sam ruisselle de sueur.

— C'est bon pour toi, ça, mon vieux, lui dit Sarah. Perdre un peu de ventre te fera le plus grand bien.

Elle a mis pied à terre et gravit la pente raide en tenant son poney par la bride.

Pour le retour, elle longe le bord de la falaise. Le sentier frôle parfois l'à-pic de façon inquiétante. Un mètre à peine, et c'est le vide. Soixante-dix mètres plus bas, l'océan berce ses eaux vertes. L'échine sombre des rochers à fleur d'eau fait songer à des baleines endormies. Sarah est remontée en selle, et la vue des goélands qui planent au-dessous d'elle lui donne le frisson. Elle a l'impression d'être en plein ciel aussi, et les quelques pas qui séparent le sentier du vide semblent se réduire à rien. Cette pensée lui donne le vertige, mais c'est un délicieux vertige : Sam a le pied sûr, elle le sait. Elle tient bon les rênes, s'interdit de regarder à ses pieds, et pousse malgré elle un soupir soulagé lorsque le sentier décide d'obliquer vers l'intérieur des terres.

Plus loin sur le plateau, une mine désaffectée achève de tomber en ruine. Naguère, une grande bâtisse abritait la station de pompage destinée à assécher les galeries, lesquelles descendaient bien au-dessous du niveau de la mer, parfois sous le sol marin même. A l'abandon depuis trois quarts de siècle, battu des tempêtes d'ouest, le bâtiment a perdu trois de ses murs et sa cheminée. Seul un pan de muraille tient encore, percé d'un portail surmonté d'un arceau. Derrière le portail s'ouvre un puits de mine, cerné de fil de fer barbelé.

A cet endroit, l'été dernier, un incendie a ravagé plusieurs hectares de lande. Sarah s'avance résolument à travers ce paysage calciné. Le sentier franchit l'arceau du portail et longe le puits condamné. Sarah aime venir ici et y faire halte un instant, simplement pour prêter l'oreille. Quelquefois, on entend la mer mugir tout au fond du puits, ou le vent gémir à travers les galeries.

Mais aujourd'hui la mer est trop basse pour émettre le moindre bruit. Pourtant, un gémissement doux s'élève bel et bien du puits sombre. Sarah s'immobilise et tend l'oreille.

Etrange son, décidément. Le vent gémit

rarement si aigu. Et de façon si discontinue. On dirait plutôt une plainte animale.

Sarah écoute. Il n'y a pas de doute. C'est bien une plainte animale.

Elle met pied à terre en hâte, attache sommairement Sam à un piquet de clôture. Elle se faufile entre deux rangs de fils barbelés et s'approche du puits, lentement, à pas prudents.

Le sol descend en pente douce en direction du puits, mais il est fait de graviers qui roulent traîtreusement sous les pieds. Sarah a beau étirer le cou, elle ne voit pas grand-chose. Il n'est pourtant pas question d'avancer encore. Un pas de plus, et c'est la dérapade assurée dans cet entonnoir béant.

Les gémissements reprennent de plus belle. Cette fois, Sarah en est sûre : il y a un animal en bas, quelque part. Prudemment, elle manœuvre en direction du pan de mur resté debout. De là, le puits descend tout droit. Sarah s'engage sur la margelle de pierre, parvient à se pencher un peu. Mais il fait terriblement sombre, là-dedans. Sur les tout premiers mètres, on distingue la paroi rocheuse, avec ici et là une fougère accrochée à une fissure. Plus bas, c'est l'obscurité totale. Une odeur froide et humide remonte des profondeurs.

— Ohé ! appelle Sarah à tout hasard.

Le gémissement se tait un instant. Silence. Soudain s'élève un jappement bref.

Un chien !

A quelle profondeur est-il au juste ? Difficile à dire, mais de toute façon il n'y a pas trente-six solutions : il faut aller chercher du secours.

Le dos contre le mur, Sarah refait le trajet inverse, plaquée à la pierre, et regagne la terre ferme.

Et maintenant, que faire ? C'est trop bête qu'elle soit seule ! D'habitude, lorsqu'elle vient ici, c'est avec Gillian. Elle prend Sam à témoin :

— Tu as une idée, toi, vieux ?

Sam ne répond pas, mais Sarah réfléchit.

Téléphoner. C'est ce qu'il y a de plus rapide. Mais d'où ? Depuis la maison ? Trop loin. Le temps est compté. Le chien peut très bien être blessé. Ou peut-être se maintient-il à flot tant bien que mal, s'il y a de l'eau au fond du trou. Il faut faire vite. Il y a sûrement une cabine plus près. Oui ; celle du parking de la plage, un peu plus loin, à la crique la plus proche. C'est là qu'il faut aller.

Sarah remonte en selle et lance Sam au galop. Quelque part vers la vallée, il doit y avoir un sentier muletier qui descend à flanc de coteau. Il servait autrefois à descendre le minerai de cuivre à dos de mulet, depuis la mine. La pente est raide, mais c'est tout de même un fameux raccourci. Et si les mulets passaient là, Sam doit pouvoir passer aussi.

Ils amorcent la descente ; Sarah s'incline en arrière, d'instinct, pour éviter de passer par-dessus l'encolure de Sam. Le poney avance prudemment, choisit où poser les sabots. A un moment donné, Sarah se sent glisser vers l'avant, mais elle se redresse à temps. En cas de chute, à peu près sûrement, elle irait rouler jusqu'en bas — jusqu'au ruisseau. Et le chien, que deviendrait-il ? Elle se cramponne à son poney avec la dernière énergie.

Sam atteint le fond du vallon et traverse le ruisseau à gué. La crique est déserte. Sarah met son poney au galop pour traverser l'aire de stationnement. La cabine téléphonique est là-bas, au fond, bâtie en pierre par exception, dans le souci de ne pas déparer le paysage.

Sarah saute à terre, pousse la porte, parcourt des yeux les instructions. Ha ! Il faut faire le 999. Elle décroche, forme le numéro. Ce faisant, elle surprend son reflet dans le miroir : un ovale pâle, l'air un peu hagard. Une voix féminine lui demande ce qu'elle désire appeler : la police, les pompiers ou une ambulance ?

Sarah ne sait pas. C'est la société protectrice des animaux qu'il lui faudrait... Elle hésite, puis tente d'expliquer qu'elle a entendu un chien pleurer au fond d'un puits de mine. « Ha ! alors ce sont les pompiers qu'il vous faut, dit la voix. Je vous les passe. » De nouveau, quelques secondes d'attente, puis une voix masculine dit « Allô ? » Sarah reprend ses explications, en s'efforçant de préciser de quel puits de mine il s'agit. L'homme assure avec conviction :

— On va faire le nécessaire au plus vite.

— Oh oui, s'il vous plaît, dit Sarah. Vite, s'il vous plaît !

Elle raccroche. L'espace d'une seconde, elle ne sait plus où elle en est. Et maintenant, que faire au juste ? Le mieux, c'est de retourner à la mine tenir compagnie à ce chien. Pour le rassurer d'abord, mais aussi pour montrer aux pompiers de quel puits il s'agit. Des puits de mine, ce n'est pas ce qui manque dans le secteur.

De retour sur place, elle appelle le chien. Il est toujours là, qui gémit, mais plus faiblement semble-t-il, et les silences se font plus longs entre deux pleurs. Sarah continue de l'appeler, de lui dire toutes sortes de choses. N'importe quoi, juste pour parler, pour lui faire savoir qu'elle est là.

Le temps passe, rien ne vient. Enfin, un bruit de moteur. Au début, Sarah n'est pas sûre qu'il s'agisse vraiment des pompiers. Elle s'attendait à un camion rouge, à une brigade d'hommes casqués. Mais non, c'est une camionnette, et les pompiers sont en civil. Ils s'approchent du puits, tendent l'oreille, demandent à Sarah si c'est son chien qui est tombé là. Puis ils sortent leur matériel. Ils n'ont pas l'air bien pressés ; Sarah se retient de les houspiller.

L'un d'eux darde une torche électrique vers les profondeurs du puits, mais il ne peut pas se pencher assez pour y voir quoi que ce soit. A présent qu'ils sont ici, Sarah se rend compte soudain qu'elle est terrible-

ment fatiguée. Rien d'étonnant, après la longue balade, les allées et venues, l'émotion. Elle demande l'heure à un pompier. Cinq heures passées.

— Misère ! Maman va être furieuse. Il faut que je rentre chez moi tout de suite... Vous êtes sûrs que vous arriverez à tirer ce chien de là ?

Ils promettent de faire tout ce qu'ils pourront.

Sarah se dirige vers Sam, attaché à son piquet. Tout à coup, la tête lui tourne. Comme ce matin, à Stennack, avant la tasse de café. Elle se raccroche d'une main au fil de fer barbelé, retrouve son équilibre et, sans lâcher le fil, rejoint son poney. Maintenant, c'est à lui qu'elle se cramponne. Du sucre. Il lui faut du sucre. Tout de suite. Elle cherche à tâtons dans sa poche. Mais le sachet de plastique est vide. Elle a tout donné à Sammy. Du bout du doigt, elle cueille les grains menus qui traînent au fond du sachet. A peine si sa langue en perçoit le goût. Dire qu'elle n'a même pas songé à emporter sa souris fétiche !

Un bref instant, elle s'interroge. Et si elle le disait aux pompiers ? Mais il n'y a guère de chances qu'ils se promènent avec du sucre dans les poches, et elle se voit mal leur demander : « Vous n'auriez pas un bonbon, s'il vous plaît ? » Ça ferait bébé. D'ailleurs, ils sont ici pour secourir le chien, c'est tout. Mieux vaut gagner la maison au plus vite.

Elle se hisse en selle, non sans peine. La quatrième tentative est la bonne. Elle se sent plutôt mal assise, mais tant pis. Elle lance Sammy au trot, et bientôt la mine disparaît derrière eux. Mais le trajet est encore long de la colline à la maison.

Au lieu de se tenir bien droite comme d'ordinaire dans ses étriers, elle se laisse ballotter, passive, au gré de sa monture. Les secousses ne tardent pas à lui lever le cœur. Bientôt, le vertige la prend, et la peur de tomber. Incapable de se tenir droite, elle se laisse aller en avant, agrippée à la crinière de Sam.

— A la maison, Sam. Vite !

Sam poursuit sagement, au petit trot. Autour de Sarah, tout devient flou, tout se met à tournoyer lentement. Elle sent le sommeil la gagner, elle se débat pour rester éveillée. Peine perdue. Au bout de quelques secondes, la torpeur l'envahit de nouveau.

Non. Ne pas s'endormir. Surtout, surtout, ne pas s'endormir.

La maison ? Elle n'y pense même plus. Gagner la route, voilà le but. Mais où est la route ? A quelle distance ? Elle ne sait plus. Sam imperturbable continue de trotter. Elle se laisse aller en avant, noue les bras autour de son cou.

— Sam... Oh, Sam, ça va pas fort, tu sais...

Ses forces l'abandonnent. Vague après vague, l'obscurité l'envahit, la submerge. Cette fois, elle a perdu connaissance. Elle glisse et s'abat sur le sol. Interdit, le poney s'arrête.

On est en train d'essayer de lui faire avaler quelque chose. Un liquide, chaud et sucré. Où elle est, ce qu'elle y fait, elle n'en a pas la moindre idée. Rien n'existe que ce liquide poisseux qui lui emplit la bouche et descend le long de sa gorge. Il lui semble qu'on le déverse plus vite qu'elle ne peut l'avaler, alors qu'elle n'a qu'un désir : dormir, oh ! dormir.

Elle se rend compte soudain qu'on lui crie quelque chose. Une voix d'homme. Curieusement lointaine.

— Allons, réveille-toi ! Non, non, veux-tu bien rester éveillée !

Il la secoue, il la gifle, le liquide lui coule sur le menton, dans le cou... Elle tente de se rallonger, mais il la rassied de force, un bras derrière sa nuque. Et il essaie une fois de plus de lui faire avaler ce liquide.

Et tout à coup, elle comprend. C'est le Dr Bodinnick. Pour la seconde fois de la journée !

Elle avale deux gorgées, tente de détourner la tête.

— Ecoute. Si tu ne veux pas me boire ça, je vais être obligé de te l'administrer par intraveineuse. M'étonnerait que tu préfères !

Ses yeux commencent à accommoder. Le cabinet médical. La salle de consultation. C'est là qu'elle est — depuis combien de temps ? Elle déglutit une nouvelle gorgée, aussitôt il lui en présente une autre dans son odieuse timbale à bec. Elle le regarde, prête à protester.

— Allez, allez ! Avale-moi ça !

Elle serait en peine de dire ce qu'elle fait là. Qui l'y a amenée ? Comment ? Pourquoi ? Elle ne se souvient de rien.

— Qu'est-ce que... Qu'est-ce qui s'est passé ?
— Ce qui s'est passé ? se récrie le docteur. Elle est bien bonne ! Tu as de la chance d'être encore en vie, jeune fille ! Bien de la chance ! C'est une automobiliste qui t'a trouvée sur le bord de la route et t'a conduite tout droit ici. Tu étais dans un état semi-comateux. Voilà ce qui s'est passé.

La mémoire revient à Sarah. L'épuisement. La longue course. Autrement dit, Sam avait tout de même rejoint la route.
— Te rends-tu compte au moins que tu aurais pu y rester ?
— Mais Sam, lui, où est-ce qu'il est ? Qu'est-ce qu'il est devenu ?
— Sam ? Qui est Sam ?
— Mon poney. Où est-ce qu'il est ? On l'a retrouvé ?
— Ah, parce que mademoiselle faisait du poney ! Et tu ne t'es donc même pas rendu compte que tu étais en hypoglycémie ?
— Si, j'essayais de rentrer à la maison...
— Ah oui ? tonne le médecin en la foudroyant du regard. Et on peut savoir pourquoi tu n'avais pas de sucre sur toi ?
— J'en avais, marmotte Sarah. J'en avais

au départ mais... Je l'avais tout donné à Sam, achève-t-elle très bas.

— Tu... Quoi ? C'est le comble ! Donné ton sucre ? A ton poney !

— Pas réfléchi, souffle Sarah.

— Eh bien, laisse-moi te dire, tu es un danger public ! Pour toi et pour les autres ! Imagine ce qui aurait pu se passer... Sans compter que tu as eu de la chance de ne pas te rompre le cou en prenant cette bûche. Mais est-ce que tu te rends compte, au moins, de la chance que tu as ?

De la chance ? Sarah reste sceptique.

L'aide-soignante passe la tête à la porte et annonce que M. et Mme Freeman viennent d'arriver.

— Faites-les entrer, je vous prie.

Et soudain ils sont là tous deux, anxieux, le regard rivé sur elle.

— Oh, Sarah ! s'écrie sa mère en se précipitant pour étreindre sa fille.

— Elle est tirée d'affaire, leur annonce le médecin.

— Maman, dis, où est Sam ? demande Sarah aussitôt.

— A la maison, répond son père. Ne t'en fais pas pour lui. Il est rentré sagement.

— Et la minute d'après, c'était le coup de

fil. La dame a dû passer devant chez nous en te conduisant ici, d'ailleurs, mais bien sûr elle ne pouvait pas savoir.

— Et le chien ? s'inquiète Sarah.

Ils échangent un regard. La commotion, sans doute... Sa mère se tourne vers le médecin.

— Oh, je m'en veux, si vous saviez. Elle a dû être en état d'hypoglycémie à peu près toute la journée. Elle n'avait pas l'air en forme, pour commencer, et puis elle a eu besoin de café au beau milieu de la matinée. Mais je lui avais bien rappelé de prendre du sucre. (Sa voix monte d'un ton.) Pourquoi n'en as-tu pas pris ? Tu m'avais dit...

Le Dr Bodinnick part d'un grand rire sonore.

— Oh, mais elle en avait pris, figurez-vous ! Seulement, vous ne devinerez jamais : elle l'a donné à son poney ! Je vous demande un peu, que ferons-nous d'elle ? Donné son sucre à son poney !

Chapitre 4

Le lendemain, un vendredi, sa mère décide de garder Sarah à la maison. Après tout, c'est la fin de la semaine, et le repos lui fera du bien. Elle reprendra la classe lundi. Ce soir-là, têtue comme une mule, elle tarabuste son père : elle veut savoir si le chien tombé dans le puits de mine a fini par être sauvé. Le samedi matin, son père appelle les pompiers. Oui, le chien a été tiré de là et conduit au chenil.

— Oh, Papa, on pourrait aller le voir ? Je voudrais tant savoir à quoi il ressemble.

A quoi il ressemble, elle n'en a aucune idée. Elle l'a seulement entendu pleurnicher, et japper faiblement. C'est sans doute un petit chien, un terrier ou un ratier, quelque chose de ce format-là. Mais elle lui a sauvé la vie — personne ne risquait de passer par là en semaine —, si bien qu'il lui paraît normal d'essayer au moins de le voir.

Son père n'a pas l'air convaincu.

— Aujourd'hui, il y a des courses à faire. Je ne sais vraiment pas...

Le samedi est jour d'approvisionnement chez les Freeman. Parfois simplement à Stennack, parfois à Truro, qui est le bourg du comté.

— Mais justement ! s'écrie Sarah. On pourrait aller au refuge en même temps.

— Tu sais, coupe sa mère, avec tout ce que nous avons à faire, je vois mal comment trouver le temps de...

— Papa, dis ! S'il te plaît !

— Je t'y conduirai cet après-midi.

En attendant la sortie promise, Sarah passe la matinée à panser Sam, qui est en pleine mue de printemps. Elle le brosse avec énergie, la poussière vole autour d'eux et fait éternuer Sarah. Pour l'écarter de son visage, elle souffle entre ses lèvres, à petites bouffées. Elle prend le temps de bien lui démêler la crinière et la queue. Le travail terminé, elle recule de quelques pas pour admirer le résultat. L'amélioration est très nette. Alors, dans la foulée, elle décide de nettoyer aussi le coin de grange qui sert d'abri au poney, à l'angle de son pré. En fait de grange, d'ailleurs, il s'agit d'une petite maison, jadis habitée quoique en piteux état. Mais les murs de pisé tiennent bon, et les ardoises du toit gardent Sammy à l'abri de la pluie.

Regagnant la maison, enchantée de son travail, elle croise le restant de la famille qui revient de faire les courses.

— Sarah ! s'écrie sa mère horrifiée en sortant de la voiture. Mais d'où sors-tu, pour être aussi sale ?

— De nulle part. J'ai fait la toilette de Sammy.

— Tu es couverte de poussière de la tête aux pieds.

— Pas de ma faute.

— Peut-être, mais va vite prendre un bain !

— Pas au milieu de la journée, quand même !

— Bien sûr que si ! Tu ne sortiras pas de la maison avant !

— Oh ! Maman !

— Et n'oublie pas de te faire un shampooing, aussi !

Après le repas de midi, ses cheveux sont

loin d'être secs. Sèche-cheveux en main, Sarah s'efforce d'accélérer le processus, mais les minutes s'éternisent, et elle commence à désespérer. Au train où vont les choses, elle n'aura jamais lieu, cette visite au chenil !

— Pas question de sortir les cheveux mouillés, l'a prévenue sa mère. Le vent n'a rien de chaud, aujourd'hui.

— Et là, maintenant, ils sont assez secs ?

Sa mère s'approche, plonge les doigts dans ses cheveux.

— Secs ? Il faut le dire vite !

— Tu l'as dit avant de les avoir touchés !

— Pas du tout. Touche toi-même. Ils sont encore trempés.

Elle prend la main de Sarah et lui fait toucher ses cheveux.

— Moi, ils m'ont l'air à peu près secs.

— Non. Si tu sors avec tes cheveux dans cet état, tu es sûre de prendre froid. Et tu sais très bien que pour toi les rhumes n'ont rien d'une plaisanterie.

— Mais je n'en peux plus, moi ! s'exaspère Sarah. J'ai mal au bras, à tenir cet engin ! En plus, pour ce qu'il marche bien !

D'un geste rageur, elle l'arrache à la prise et le jette sans ménagement sur la table.

Il lui tarde tellement d'aller voir ce chien ! Son chien, plus exactement. Après tout, c'est elle qui l'a trouvé ; si personne ne le réclame, il sera à elle, tout à elle. Oui, mais il faut faire vite. On est samedi, et le samedi les chenils reçoivent des quantités de visiteurs. Des gens pourraient trouver le chien à leur goût et décider de l'adopter ! Alors que Sarah le veut, et l'estime à elle de plein droit. D'ailleurs, ses parents s'en doutent, elle le voit bien. C'est pour cette raison qu'ils ne sont pas pressés de la conduire au refuge : parce qu'ils savent qu'elle voudrait ce chien, et qu'eux ne veulent pas en entendre parler.

Elle n'y tient plus. Elle se tourne vers sa mère :

— Tu ne veux pas que j'aille voir ce chien, hein, c'est ça ? Toi, ça ne te fait ni chaud ni froid de savoir qu'il est tombé dans un puits et qu'il a failli mourir.

— Mais il est sauvé, maintenant. Tout va bien pour lui.

— Qu'est-ce que tu en sais, si tout va bien pour lui ?

— Dans un chenil, on sait soigner les chiens. C'est tout.

— N'empêche, moi je veux le voir.

— Ce n'est sûrement pas en faisant une scène que tu accélères les choses, lui fait observer sa mère.

Mais elle appelle Jane à la rescousse, et la charge d'achever de faire sécher les cheveux de sa sœur. Jane s'exécute et, en maugréant, elle brosse et soulève les cheveux de sa sœur pour y faire pénétrer l'air chaud.

— Je crois que je vais me les faire couper, murmure Sarah au bout d'un moment, bercée par cette tiédeur ronronnante et les gestes rythmiques de sa sœur.

Sûrement, Sam trouvait aussi bon de se faire panser, ce matin.

— Te les faire couper ? Tu es complètement folle, commente Jane sans cesser de brosser.

— Ce serait plus facile, pour les shampooings.

— Si je pouvais, je te proposerais l'échange. (Jane a des cheveux très quelconques, ceux de Sarah sont lumineux et fins comme de la soie sauvage.) Si tu les portais libres, pour une fois ?

— Comme tu veux, moi ça m'est égal.

Enfin la chevelure de Sarah satisfait aux exigences maternelles. On appelle M. Freeman au jardin. Cette fois, tout le monde est prêt.

Le chenil occupe les bâtiments d'une vieille ferme, que la croissance de la bourgade a englobée dans un quartier neuf. M. Freeman range la voiture sur le bas-côté et toute la famille franchit le portail, ouvert sur une cour cimentée. Un concert d'aboiements salue les arrivants de toutes les directions à la fois. Une jeune fille chargée d'un seau traverse la cour et disparaît dans une grange. La cacophonie redouble.

Un instant, ils restent plantés là, ne sachant que faire. Puis la jeune fille réapparaît avec son seau vide, elle annonce qu'elle va prévenir M. Haytor. Presque aussitôt, un vieux monsieur surgit sur le pas de la porte, sec comme un coup de trique, le visage buriné.

— Pardon, monsieur, dit Mme Freeman. Nous aurions voulu savoir... Vous avez reçu un chien sauvé d'un puits de mine, avant-hier, serait-il possible de le voir ?

— C'est notre fille — celle-ci — qui a donné l'alerte, complète M. Freeman.

Ils ont l'air de s'excuser de faire perdre son temps au vieil homme, mais ce dernier est ravi de leur montrer son pensionnaire.

Ils le suivent dans un champ, à travers une entrée boueuse, et Jane proteste qu'elle va salir ses chaussures. Une rangée de cabanes en bois borde un côté du terrain. Des logements de fortune réservés aux chiens trouvés, semble-t-il, les pensionnaires réguliers ayant droit aux abris en dur.

M. Haytor ouvre une porte, ses visiteurs le suivent. Un couloir tout en longueur donne sur des cages grillagées. Les jappements se font assourdissants.

Le cœur de Sarah bat la chamade. Enfin, elle va voir son chien. Moment attendu, moment redouté. Sans savoir pourquoi, elle imagine un petit terrier noir et blanc, avec peut-être un peu de marron. « Son » chien. Mais ses parents vont-ils l'entendre de cette oreille ? Ils lui ont déjà offert un poney. Ils vont le lui rappeler, c'est sûr. Et vouloir un chien, en plus, c'est peut-être de l'égoïsme... D'un autre côté, c'est déjà un peu son chien ; sans elle, à l'heure qu'il est, il serait mort, il n'y a pas de doute.

Au passage, elle jette un coup d'œil sur les occupants des cages. Certains se dressent contre le grillage, les griffes accrochées aux mailles. Droit devant, un berger allemand est assis sur son derrière, la gueule dans une muselière. Sarah est soulagée de voir M. Haytor poursuivre sans ralentir le pas.

Son chien est dans la cage du fond. Elle ne le distingue qu'à la dernière seconde, parce qu'il est tapi dans un coin, en rond — grosse boule inerte de poil doré.

Quelque part dans ce cercle, enfoui dans ce qui doit être la queue, on devine une truffe brune et, juste au-dessus, deux yeux sombres.

— Voilà, dit M. Haytor d'un ton neutre.

C'est un labrador. Un golden retriever.

Il est splendide.

— Elle n'est pas encore très rassurée, ajoute M. Haytor.

Peu à peu, pourtant, la boule se détend. Elle lève la tête, se redresse, étire le cou, une patte de derrière, puis l'autre. Les pattes sont curieusement fines, on les croirait de verre filé.

— Viens par ici, ma belle, l'encourage M. Haytor.

La chienne les regarde sans bouger.

Sarah sent sa gorge se nouer. Jamais cette chienne ne sera à elle. Elle est beaucoup trop belle. Un petit terrier bâtard, passe encore. Mais une bête de race, inutile d'y compter.

Et c'est un gros chien, qui plus est. Pelotonnée, elle n'avait l'air de rien, mais dressée sur ses pattes elle paraît étonnamment longue et haute.

Et pourtant, qu'elle est belle ! Ils ne peuvent pas le nier, ils doivent bien s'en rendre compte aussi.

M. Haytor ouvre la cage, il appelle la chienne gentiment. Elle reste dans son coin.

— C'est parce qu'on est nombreux, dit Sarah. Elle a peur.

— Retournez dehors, je vais la faire sortir.

Ils ressortent en file indienne et observent la manœuvre à travers les vitres sales. Le vieil homme entre dans la cage. La chienne ploie les pattes à demi. Sa queue balaye le sol et fait voler la paille. Il la contourne et elle s'élance, toujours presque au ras du sol, comme si elle cherchait à se rendre invisible. A la sortie, elle hésite, prête à faire demi-tour à la vue des inconnus postés là. Mais le vieil homme surgit derrière elle. Elle sort au grand jour, l'air inquiet, comme prise au piège.

Sarah s'approche et caresse :

— Tu es belle, tu sais. Tu es belle.

La chienne garde les pattes fléchies. Sa queue s'agite en cadence, mais c'est un balancement anxieux, rien à voir avec une queue qui danse d'allégresse. Ses flancs tremblent.

— Oh ! ma pauvre, pauvre vieille ! lui dit Sarah en s'accroupissant pour regarder la chienne dans les yeux.

Elle lui lisse le front à deux mains, froisse les oreilles soyeuses. La chienne a le museau contre le genou de Sarah, et pendant quelques secondes elle flaire avec intérêt.

— C'est l'odeur de Sam que tu sens sur mon jean ?

Mais les autres approchent à leur tour et la chienne en oublie de flairer. Elle se remet à trembler. Jane avance la main, l'effleure du bout des doigts.

— Grosse maline ! s'indigne Sarah. Quand tu caresses un animal, vas-y carrément ! On ne caresse pas comme ça à regret.

Jane retire sa main. Avec les animaux, elle n'a pas la manière.

Sarah continue de caresser, les autres surplombant la scène. Soudain la chienne se laisse choir au sol et se roule sur le dos, une patte de derrière contre le sol et les trois autres en suspens, animées de petites secousses convulsives.

Les adultes se mettent à rire, mais la posture est si clairement un acte de soumission que Sarah leur en veut de rire. Sur le ventre, le poil est plus clair. Les tétines roses, bien alignées, font comme une double rangée de boutons. Apparemment, la chienne n'a pas encore eu de chiots. D'une main douce, Sarah la repousse sur le flanc et elle garde la pose, immobile dans l'herbe molle.

— Oh, elle est encore sous le choc, reprend M. Haytor. Et je serais prêt à parier qu'elle a reçu de mauvais traitements. Elle a l'air terriblement méfiante.

— Et personne ne l'a réclamée ? s'enquiert Mme Freeman.

— Non. Elle n'avait pas de collier. En général, vous savez, ça signifie qu'ils sont abandonnés.

— Oh ! s'écrie Sarah, elle est si belle ! Qui voudrait se débarrasser d'un chien comme elle ?

— Savez, on voit de tout. En été, surtout. Les gens amènent leurs chiens en vacances et repartent sans eux.

— Exprès ?

— Bien sûr. En se disant que le chien ne retrouvera pas son chemin.
— Mais comment peut-on...
— Après Noël, aussi, on en trouve beaucoup d'abandonnés. Des cadeaux dont les gens ne veulent plus. Quelquefois, ce sont des bêtes de valeur.

Sarah regarde la chienne en caressant de plus belle. Comment imaginer que son maître ait pu vouloir s'en défaire ? Et de manière aussi cruelle ? Elle songe soudain à cette voiture grise croisée avant-hier sur la lande. Elle revoit l'homme en canadienne qui l'a remerciée d'un signe lorsqu'elle lui a laissé le passage. Se pourrait-il que ce soit lui qui ait abandonné sa chienne ? Mais comment aurait-il fait ? Il n'a pas pu la laisser sur la lande, elle aurait rattrapé la voiture. Dans ce chemin creux, pas moyen de rouler vite. Un chien, ça suit son maître d'instinct — même un chien mal traité.

A moins bien sûr d'avoir été jeté dans un puits de mine.

Sarah se raidit. Elle voit l'homme en canadienne au bord du puits, elle le voit pousser la chienne sur les graviers de la pente. D'un coup de reins, la chienne parvient à se hisser hors du précipice. Les cailloux roulent sous ses pattes. Furieux, l'homme prend un bâton. Il repousse l'animal en frappant comme un sourd. La chienne se débat, désespérée. Elle dérape, le vide la happe... Non. Aucun être humain ne peut être capable d'une monstruosité pareille.

Et pourtant...

Sarah lisse le poil doré avec plus de ferveur encore. Si vraiment les choses se sont passées de cette façon...

— J'avais croisé une voiture, justement, jeudi, en allant dans cette direction. C'était peut-être son maître qui venait de l'abandonner ? Pourtant, il avait l'air poli et tout, il m'a fait merci quand je me suis rangée pour le laisser passer.

— Oh, ça n'empêche pas, dit M. Haytor. On n'imaginerait pas ce que les gens sont capables de faire plutôt que de payer la piqûre qui endormirait leur animal sans souffrance.

Sous les caresses répétées, la chienne a retrouvé son calme. Allongée sur le flanc, elle respire paisiblement.

— Mais comment se fait-il qu'elle ne se soit pas tuée en tombant ? s'étonne Sarah tout à coup.

Ce puits de mine, c'est bien connu, est l'un des plus profonds de l'endroit. Il descend au-dessous du niveau de la mer. On voit mal comment survivre à pareille dégringolade.

— Oh ! elle a eu une veine de pendu, dit M. Haytor. Elle n'avait pas une chance sur dix mille d'en réchapper. Mais il semblerait qu'une entreprise de maçonnerie ait jeté là des déblais, Dieu sait quand. Il y avait des poutres dans le tas, qui se sont coincées contre les parois à quelques mètres seulement de l'ouverture. Et la chienne était là, perchée sur des gravats bloqués par ces poutres. Même que les pompiers ne lui avaient pas plus tôt passé une corde autour du ventre que tout a dégringolé ! (Il s'agenouille, gratte le crâne de la chienne.) Pour ça oui, ma fille, tu reviens de loin, pas vrai ?

— Et maintenant ? demande Sarah d'une voix qui chevrote un peu. Qu'est-ce qu'elle va devenir ?

— La RSPCA* me paie leur pension pour la première semaine. Ensuite, si personne

* Équivalent britannique de notre Société protectrice des animaux.

ne les a réclamés, et si je n'ai pas trouvé à les placer, il faut bien les endormir.

Le cœur de Sarah fait un bond. La chienne est encore en danger ! Presque autant qu'au fond de son trou, il y a deux jours. Il faut la sauver. Il le faut.

— Mais je vous dirai, je suis tellement sentimental qu'en fait je les garde nettement plus longtemps. J'espère toujours que quelqu'un voudra d'eux. Tous ceux que vous voyez là sont ici depuis des jours, je ne touche plus un centime pour eux. Pour les nourrir, je prends sur les sous que je gagne avec les pensionnaires réguliers. Bien sûr, du coup, j'ai du mal à joindre les deux bouts. Mais vous comprenez, moi ça me fait mal au cœur de voir supprimer une brave bête.

— Mais elle, dit Sarah, on ne la supprimera pas, dites ?

L'idée la révolte, ne serait-ce que par son absurdité même : se donner tant de mal pour sauver un animal, et le supprimer huit jours plus tard.

— Ce serait malheureux, dit M. Haytor. C'est une belle bête. Un peu maigre, d'accord, mais, bien nourrie, elle devrait faire un vrai sujet d'exposition.

Sarah respire. Elle s'est trouvé un allié. Elle lève les yeux vers ses parents, curieuse de leur réaction, mais leurs traits ne laissent rien paraître.

— En tout cas, c'est un labrador pure race, poursuit M. Haytor. Gros à parier qu'elle a un excellent pedigree. Des bêtes comme ça, ça va chercher dans les cent, deux cents livres au moins.

— Quel âge peut-elle avoir ? demande Mme Freeman.

— Oh, elle est encore toute jeune. Je lui donnerais un an et demi, deux ans, par là. Pas plus.

— Et ça fait quel âge, par rapport à nous ? s'informe Jane.

— Tu multiplies par sept, dit Sarah.

Autrement dit, la chienne a le même âge qu'elle, à peu de chose près.

— A cet âge-là, dit M. Haytor, un chien se laisse adopter sans problème. Ce qu'il lui faut, à cette bête, c'est de la tendresse. Des tonnes de tendresse. Des maîtres aux petits soins pour elle. Moyennant quoi elle devrait faire un animal de compagnie adorable.

— Papa, coupe Sarah. S'il te plaît.

Elle regarde son père. M. Haytor se tourne vers lui. M. Freeman a les yeux sur la chienne.
— S'il te plaît quoi ? dit-il, l'air de ne pas comprendre.
— S'il te plaît, adoptons-la.
— Nous sommes venus ici pour *voir* un chien, pas pour le prendre avec nous, que je sache.
— Mais ils vont l'endormir ! Tu ne vas pas laisser faire ça !
— Je veux bien réfléchir, reprend M. Freeman, mais je te le répète, nous ne sommes pas venus ici dans cette intention.
— Son propriétaire pourrait venir la réclamer, ajoute Mme Freeman.
— Je la garde jusqu'à samedi prochain, propose M. Haytor. A ce moment-là, si vous la voulez, vous n'avez qu'à venir la chercher.
— Mais si quelqu'un d'autre veut l'adopter ?
— Je vous en informerai.
— Mais est-ce qu'au moins nous aurons priorité ? s'inquiète Sarah. Je veux dire, avant de prendre une décision, vous voudrez bien nous passer un coup de fil ?
M. Haytor promet, et dit à Sarah qu'à présent c'est à elle de convaincre son père.

Sur ces mots, il ramène la chienne à sa cage. Dans l'après-midi déclinant, leurs ombres obliques dansent sur l'herbe du pré, longues démesurément.

Chapitre 5

Le trajet du retour débute dans un silence gêné. Les quelques mots échangés n'ont rien à voir avec le sujet de préoccupation générale, et chacun le sait. Sarah brûle d'aborder le problème, mais comment le faire sans brusquer les choses ? Pour finir, c'est Jane qui met la question sur le tapis.

— Alors, Papa ? Qu'est-ce que tu comptes faire ?

— A quel propos ? demande leur père, fidèle à son exécrable tactique, faire celui qui ne comprend pas.

N'importe quoi pour gagner du temps.

— Elle va l'avoir, ce chien, ou pas ?

« Elle », c'est Sarah, dans le langage de Jane.

— Je n'en sais rien encore.

— Oh ! mais moi je le sais : elle l'aura, pardi ! Elle finit toujours par avoir tout ce qu'elle veut.

— Comment ça, tout ce qu'elle veut ? Explique-toi.

— Mais c'est la vérité : elle obtient toujours tout. Elle a voulu un poney, elle l'a eu. Maintenant, elle veut un chien, et elle l'aura. Si c'était moi...

— Tu n'es pas si malheureuse, il me semble, intervient leur mère.

— Non, mais si je voulais un chien, par exemple, ce serait non à tous les coups. Et le poney coûte les yeux de la tête. Jamais vous ne dépenseriez des sommes pareilles pour moi.

— Tu as tout de même un chat.

— Sûr. Même qu'il ne vous a pas coûté un sou.

— Mais tu n'aimes pas les poneys. Ni les chiens.

— Miss Moppet sera terrorisée quand elle le verra, ce chien.

— Rien ne dit que nous allons le prendre.

— Oh ! combien je parie ? Sarah le veut, elle l'aura. Comme toujours. Puisque y a pas de justice.

— Jane, s'écrie Mme Freeman, comment

peux-tu être aussi jalouse ? A quatorze ans passés, il me semble, tu devrais être au-dessus de ces petites mesquineries.

— C'est pas de la jalousie, rien à voir, assure Jane d'un ton détaché. C'est un constat : elle obtient tout ce qu'elle veut. Et ça, bêtement, parce que mademoiselle est diabétique.

— Jane !

— Tu ne peux pas dire le contraire. Moi je veux bien l'être, diabétique, si ça me permet d'avoir tout ce que je veux.

— Tu ferais mieux de te taire. Tu ne connais pas ta chance.

— Elle est gâtée-pourrie.

Jusqu'ici, Sarah a tenu sa langue. Tout, plutôt que de risquer de ruiner ses chances d'adopter la chienne labrador. Mais se taire sous l'insulte, c'est dur. Elle explose :

— C'est plutôt toi, oui, qui est gâtée-pourrie ! Seulement, tout ce que tu as, tu le comptes pour rien.

— Ah ouais ? Et qu'est-ce que j'ai de si faramineux, par exemple ?

— Des tas de vêtements, et toujours tout neufs. A chaque saison, on t'en achète. Moi, c'est pas souvent que j'enfile quelque chose de neuf.

— De toute façon, les fringues, tu t'en fiches.
— Bien obligée, puisqu'on me refile tout ce que tu as porté.
— Et alors ? De quoi te plains-tu, si ce qu'on m'achète est si beau, si chic ?

Pour Sarah, la coupe est pleine. A court de répliques, elle empoigne sa sœur par les cheveux et tire avec force. Jane pousse un cri de douleur, plus strident que nécessaire, mais Sarah ne mollit pas. Leur mère se retourne, crie à Sarah d'arrêter. Elle tente de les séparer par-dessus le dossier de son siège, en tapant sur la main de Sarah et en s'efforçant de délivrer Jane. Peine perdue.

La voiture fait une embardée.
— C'est pas bientôt fini ? tonne M. Freeman en redressant d'un coup de volant. Vous allez vous taire, toutes trois ? Je ne veux plus rien entendre ou vous vous retrouvez dans le décor !

La voiture poursuit son chemin, un peu vite, au milieu de la route. A l'intérieur, c'est le silence complet.

Au dîner, courtois mais tendu, on se croirait dans l'œil du cyclone. Il n'est pas fait allusion au chien. Jane sort de table la première. La Maison des jeunes donne une soirée dansante. Son père doit l'y conduire, et elle monte se changer. Sarah hésite. Peut-être est-ce le moment d'aborder le sujet, maintenant que sa sœur n'est plus là ? A la réflexion, non. Il est sans doute trop tôt. Mieux vaut attendre un peu.

Lorsque Jane redescend, les autres sont encore à table. Elle se tourne vers sa mère, soucieuse.

— Qu'est-ce que tu en penses, dis ? Je n'ai pas l'air trop cloche, là-dedans ?

Depuis plusieurs mois, Jane se tracasse pour sa silhouette. Non sans raison, estime Sarah. Elle a pris des rondeurs, et pas seulement là où elle le voudrait. Son ventre et ses cuisses, un peu rembourrés, la désespèrent jusqu'à l'obsession. Sarah est d'avis que cette jupe courte ne lui fait vraiment pas de cadeau.

— Non, pas du tout, tu es très bien, assure sa mère.

— Moi je me trouve l'air énorme. Surtout là et là, dit Jane en désignant les sites les plus généreux de sa personne.

— Ouaf ! pouffe Sarah.

Ses parents lui décochent un regard éloquent, et rendent leur attention à l'aînée. Mais Sarah ne désarme pas :

— Toi, énorme ? Pas plus qu'un éléphant, va !

— Sarah, ça suffit, l'avertit sa mère.

— Et toi, t'es maigre comme un clou ! riposte Jane, des larmes dans la voix.

— N'empêche que tu donnerais cher pour être comme moi !

Sarah triomphe. Sur ce terrain, elle a l'avantage.

— Etre comme toi ? J'en mourrais de honte ! Maman, à ton avis : c'est cette jupe qui cloche, dis ?

— C'est toi qui cloches, ouais ! cingle Sarah.

— Oh ça va, toi, la moucheronne. Boucle-la.

— C'est de ton âge, Jane, dit Mme Freeman. Tu verras, dans un an ou deux, tout ça aura fondu sans que tu t'en aperçoives.

— Autrement dit, se lamente Jane, tu es bien d'accord, je suis trop grosse !

— Je ne dirais pas grosse, dit sa mère.

— Je dirais énorme ! complète Sarah. C'est simple : on dirait que tu attends un heureux événement.

— Toi, rugit Jane, on t'a dit « la ferme » !

(Elle s'empourpre et fond en larmes.) Avec tout ça, j'ai plus rien à me mettre. J'ai l'air tarte dans tout ce que j'ai !

Elle claque la porte, se rue dans sa chambre. Mme Freeman se lève de table et la suit.

— Mais oui ! raille Sarah. Va la consoler ! Va vite lui faire un câlin, à cette espèce de grosse pleurnicheuse !

M. Freeman pose sa tasse vide.

— Alors, Sarah. Contente de toi ?

— Ouaip.

Ce n'est même pas de la provocation. Elle est bel et bien satisfaite.

— Tu lui as gâché sa soirée.

— Et après ? Moi, c'est ma vie qu'elle gâche.

— Vous êtes comme deux chats, toutes les deux. *Y avait deux chats à Kilkenny / Soit un de trop à leur avis. / Un jour ils se sont tant battus, / Tant écorchés, griffés, mordus, / Qu'à l'exception d'un bout de queue, / Un coin d'oreille, un poil ou deux, / Il n'en est pas resté un des deux.*

Vu, se dit Sarah, le front bas. Ce n'est sûrement pas le moment d'évoquer l'adoption d'un chien. Et dire qu'elle s'était promis de se faire toute petite, toute sage !

Mais c'est la faute de Jane, aussi. Il fallait bien la remettre à sa place.

Sa sœur réapparaît peu après, en jupe noire, les yeux rouges, les joues plus brillantes que nature. Derrière elle, vient leur mère, qui répète qu'elle la trouve parfaite pour une soirée dansante.

Leur père va chercher la voiture au garage.

— Gâtée-pourrie, susurre Sarah. Mademoiselle se fait conduire et ramener, comme une duchesse.

— Tu pourrais venir, si tu voulais.

— Moi ? Il faudrait me payer !

— Remarque, tu serais dans le groupe des moins de treize ans. Les petits.

— Petits ou grands, je m'en moque. C'est complètement débile, ce qu'ils font, à la Maison des jeunes.

La réconciliation des chats de Kilkenny n'aura pas lieu ce soir.

Le temps printanier se maintient. Le lendemain matin, après sa piqûre d'insuline et le petit déjeuner réglementaire, Sarah file seller Sam pour aller chez son amie Gillian. Avant de partir, elle monte le thé à ses parents, qui ne détestent pas faire la grasse matinée le dimanche.

Et cette piqûre, elle est faite ? Tu l'as dosée correctement ? Et ensuite, tu as mangé ? Tu as bien du sucre sur toi ? Tu t'es préparé un petit casse-croûte ? Tu seras prudente ? Tu n'oublies pas ce qui t'est arrivé la dernière fois ? Tu n'oublies pas de prendre ta bombe ?

Ayant répondu oui à toutes les questions, Sarah s'offre le luxe d'ajouter, sur le pas de la porte :

— Et tu trouveras un échantillon dans la salle d'eau.

Rien à redire, une vraie petite fille modèle !

Gillian Opie habite à l'écart du bourg, à trois kilomètres de chez Sarah. Ses parents sont exploitants agricoles. Sarah n'a pas encore eu l'occasion de lui parler de la chienne et de son sauvetage héroïque, et c'est pour cette raison, entre autres, qu'elle brûle de revoir son amie. Chemin faisant, au gré de la chanson des sabots de Sam (clipiticlop sur l'asphalte, clompiclomp dans l'herbe molle, lorsque la berme est assez large), Sarah s'amuse à chercher un nom pour la chienne. Pas question de l'affubler de quelque chose de bateau comme *Sandy* ou *Dusty*. *Honey* serait mieux, encore que le miel...

Lui trouver un nom, c'est bien gentil, mais Sarah se souvient soudain que l'avenir de la chienne est loin d'être assuré. Tout le problème est de réussir à convaincre ses parents. Pour ce faire, une seule solution : se conduire en permanence de façon aussi exemplaire que ce matin. Peut-être pas jusqu'à la fin des temps, mais pendant une semaine au moins.

Le chemin creux où elle caracole est celui-là même qu'elle emprunte avec sa mère pour gagner le cabinet médical. Mais depuis le dos d'un poney, le trajet n'a rien de comparable. A pied, on se sent comme dans une prison entre ces deux hauts talus abrupts. En selle, on a vue sur les champs. Tiens, l'épine noire est en fleur. Elle ne l'était pas, il y a trois jours. Les talus s'émaillent de primevères, et une forte odeur d'ail sauvage s'élève sous les sabots de Sam. Sarah cherche des yeux les petites fleurs blanche de l'ail, mais aucune n'est encore éclose.

Dans le sac qui brimbale sur son dos, elle

a glissé des sandwichs, une boîte de jus d'orange sans sucre, et la provision de sucre en morceaux que sa mère l'oblige à trimbaler partout où elle va. Elle a laissé ses cheveux libres, comme hier, elle les sent flotter au vent derrière elle.

Au carrefour, au lieu de tourner en direction du village, elle poursuit à gauche, vers la ferme, et bientôt Sam s'engage entre les murs de pierre de l'allée plus que centenaire.

A son approche, les chiens s'élancent dans un grand concert d'aboiements. Sam n'apprécie pas du tout. Il tire de côté avec insistance. Par bonheur, Gillian apparaît et rappelle les chiens d'autorité. Sarah entre au pas dans la cour.

— Dis donc, ce qu'ils peuvent être chouettes, tes cheveux, comme ça !

Sarah est un peu étonnée. Relever ce genre de détail ne ressemble guère à Gillian. Cheveux bruns coupés court, visage hâlé par le grand air, Gillian est une fille des champs qui se soucie peu de chic et d'apparences. En général, sa tenue reflète ce mépris des frivolités : un vieux jean, un pull, un anorak élimé. Sarah n'a pas souvenir de l'avoir vue vêtue autrement.

L'amitié de Sarah et Gillian remonte au printemps dernier, lorsque Gillian a laissé Sarah monter son poney en attendant l'arrivée de Sam. Il leur arrive souvent de se chamailler ou même de se brouiller pour de bon — elles sont aussi butées l'une que l'autre — mais elles finissent toujours par se réconcilier.

Aujourd'hui, elles ont tant à se dire que c'est à qui coupera la parole de l'autre. Tout en aidant Gillian à seller Tom, un petit poney brun aux yeux noirs, Sarah relate en détail la grande nouvelle du jour, l'épopée de la chienne labrador qui va peut-être, avec un peu de chance...

Que c'est donc bon de pouvoir enfin parler de la chienne labrador, et broder, rêver à voix haute, alors qu'à la maison il faut tenir sa langue !

En début d'après-midi, après une longue chevauchée nez au vent et un pique-nique au creux d'un vallon, ces demoiselles décident de rentrer. Il leur est venu une idée grandiose. Pourquoi ne pas installer un parcours d'obstacles dans un pré ? Ce ne devrait pas être sorcier d'entraîner Tom et Sam à sauter.

Elles sont en train de fureter dans la

grange, parmi les engins agricoles, à la recherche de vieux bidons, lorsque la silhouette du grand frère de Gillian se profile dans la cour.

— Gordon ! lui crie sa sœur. Tu sais où on pourrait trouver des vieux bidons, toi ? De ces gros machins cylindriques, là...

— Pour quoi faire ?

— On voudrait se faire un parcours d'obstacles.

— Ah, dit Gordon. Des bidons vides. Vous en avez plein, dans le fond, là-bas. Derrière le tracteur.

Ravies, les filles se mettent au travail. Bientôt une demi-douzaine de gros bidons s'alignent au soleil dans le pré.

— Voulez de l'aide ? propose Gordon.

— Sarah, pince-moi ! dit Gillian en feignant de s'évanouir. Dis-moi que je rêve ! On aura vraiment tout vu !

— Bof, vu que j'ai rien à faire pour l'instant... dit Gordon en faisant rouler un bidon de plus en direction de ses semblables.

A eux trois, ils ont tôt fait d'ériger un premier obstacle, à l'aide de deux bidons et d'une barre transversale, mais Gordon décide qu'on doit pouvoir faire mieux. Il se lance dans la confection d'une barrière plus élaborée, formée de deux poteaux de bois et d'une barre mobile, ajustable à différentes hauteurs.

Les filles le regardent faire, et lui tendent à l'occasion outils et matériaux.

— Ce que tu as de la veine d'avoir des frères ! commente Sarah en pensant à Jane.

Des frères, Gillian en a quatre. Seul Gordon est plus âgé qu'elle.

Gordon s'arrête une seconde, marteau en l'air, pour décocher un sourire à Sarah :

— Ça, c'est bien vrai !

Il a l'air ravi, mais en réalité Sarah ne songeait pas à lui personnellement. Elle entendait par là que tout valait mieux qu'une grande sœur. Jusqu'à présent, pour elle, Gordon a plutôt fait partie du décor. Il ressemble beaucoup à sa sœur : pas bien grand, de type celtique — le type brun et sombre.

— Ha ouais ? se récrie Gillian. Heureusement que tu me le dis, parce que autrement... En plus, lui, là, c'est le grand chouchou. Tout ça parce que monsieur est doué...

Sarah se souvient qu'en effet elle a entendu parler des prouesses scolaires de

Gordon à ses examens, l'an dernier. Il va entrer en terminale. Elle lui demande, plutôt pour la forme :

— Qu'est-ce que tu as pris, comme matières principales ?

— Maths, chimie, biolo.

— Biolo ? Pas détestable.

— Il veut faire médecine, commente Gillian.

— Beurk, dit Sarah.

— De toute manière, ronchonne Gillian, c'est toujours les aînés qui sont les plus gâtés.

— C'est vrai pour Jane, en tout cas ! approuve Sarah. Ils lui passent tout. Papa la conduit à la Maison des jeunes chaque fois que mademoiselle le demande. Quinze kilomètres aller, quinze kilomètres retour. Comme après ça il faut bien qu'il aille la chercher, ça fait encore trente kilomètres de plus. Soixante kilomètres en tout. Si tu crois qu'il ferait ça pour moi !

— Parce que ça te dirait, toi, d'aller à la Maison des jeunes ? demande Gillian.

— Non.

— Moi, je t'avoue, j'aurais rien contre.

— Jane dit qu'il faut avoir treize ans. Sinon, on est avec les petits.

— Treize ans ? Je les ai presque. Et toi, tu pourrais dire que tu les as.
— Tu trouves que je les fais ?
— M'étonnerait qu'ils soient si regardants.

Gordon s'est remis au travail. Entre deux coups de marteau, il glisse négligemment :
— Moi je pourrais vous y conduire, si vous voulez y aller.
— Tu quoi ? s'écrie Gillian, qui pouffe à cette idée.
— J'ai dit : je peux vous y emmener.
— Tu veux rire !
— Pas du tout.
— N'importe comment, dit Gillian, si tu vas là-bas, j'aurai encore moins envie d'y aller.

Sarah se tait. Elle est perplexe. Des élèves de terminale, il ne doit pas y en avoir beaucoup qui fréquentent la Maison des jeunes — et moins encore qui accompagnent leurs petites sœurs de treize ans, ou les amies de leurs petites sœurs, encore plus jeunes. Ils craindraient trop le ridicule.

Gordon a achevé son ouvrage d'art. Il prend du recul pour juger de l'effet produit.
— Et voilà. Terminé. Je peux faire un premier essai sur Sam ?

Il enfourche Sam résolument, effectue un

parcours sans faute. Il ne monte pas mal du tout, pour un garçon.

Sarah s'est promis d'être à l'heure pour dîner, afin d'épargner toute inquiétude à ses parents — et pour une fois elle tient promesse. Elle trouve même le temps de prendre une douche et d'aider à mettre le couvert avant de passer à table.

Le menu est sans grande surprise — salade composée, œufs durs, pain complet et beurre. Comme tous les dimanches soirs.

— Qu'est-ce qu'il y a en dessert ? s'informe Jane, sa salade terminée.

— Tu le sais très bien.

— C'est à dire ?

— Des fruits. Au choix. Tu en as une pleine coupe.

— J'en ai jusque-là, moi, des fruits.

— Tu as du yaourt au frigo.

— Mais c'est toujours la même chose ! On ne pourrait pas varier, un peu ?

— Jane, tu cherches les ennuis, dit sa mère. Tu sais très bien que non, on ne pourrait pas varier.

— Pourquoi on n'aurait pas un vrai dessert, pour une fois, comme tout le monde ? Un gâteau, par exemple ?

— Parce que Sarah n'y a pas droit.
— Et à cause d'elle, il faut qu'on fasse tous pénitence ?
— Jane, ne me dis pas que nous t'en demandons trop.
— Mais ça m'est égal, moi, dit Sarah. Mangez du gâteau si vous voulez, ça m'est bien égal.
— Je n'ai pas un seul gâteau dans mes placards, coupe leur mère. Chaque fois que j'ai essayé d'en garder en réserve, c'est plus fort que toi, il faut que tu le grignotes. Et c'est du poison pour toi.
— Mais je crois que maintenant je saurais résister.
— Ahum. J'aime mieux ne pas prendre de risque.

Le dialogue n'a rien d'inédit : il revient aussi souvent que le menu du dimanche, ou presque, Jane tenant à rappeler les sacrifices qu'on lui impose. Sarah lui jette un regard de biais, et décide qu'elle déteste sa sœur. Elle n'a pas de cœur, voilà la vérité. La preuve : elle se moque bien de savoir que la chienne risque de mourir, tout ce qui compte pour elle c'est que Sarah ne l'ait pas.

Sarah fixe une fleur de la nappe. Deux

jours se sont écoulés déjà, deux jours pour rien, sans qu'aucune décision ait été prise. Le reste de la semaine va s'égrener de la même façon et, comme rien n'aura été fait, la chienne sera condamnée à mort. Les fleurs de la nappe se dédoublent. Sur les joues de Sarah, les larmes coulent sans bruit.

Ses parents la regardent, surpris. Pleurer en silence lui ressemble si peu ! Les grands éclats sont davantage son style.

— Jane, reproche M. Freeman, tu as la langue bien pointue, tu sais. Il serait temps d'apprendre à la tenir.

— Mais j'ai rien dit du tout ! proteste Jane.

— Eh bien, Sarah ? interroge leur mère d'une voix douce. Qu'est-ce qu'il y a donc ?

— La chienne... hoquette Sarah. Vous... ça vous est bien égal, qu'elle vive ou pas...

— Mais non, ça ne nous est pas égal.

— Pourquoi vous ne faites rien, alors ?

— Parce qu'il faut prendre le temps d'y réfléchir.

— D'ici là, elle sera morte.

— Bien, déclare M. Freeman. Moi, je ne demande pas mieux que de considérer la question, à condition que ce soit la tête froide, sans grande scène ni effusions.

Sarah s'essuie les yeux d'un revers de main.

— Parfait, poursuit son père. Aucun de nous ne désire la mort de cette chienne, c'est l'évidence. Et comme Sarah a contribué à lui sauver la vie, nous avons sans doute une petite responsabilité supplémentaire à son égard. Mais cela ne signifie pas que nous devions la prendre chez nous.

— Et si personne d'autre ne veut d'elle ?

— Je suis prêt à payer sa pension au chenil pour quelques semaines, le temps qu'elle trouve un maître. Il y a de fortes chances pour que quelqu'un veuille d'elle, c'est vraiment une très belle bête. A ce stade-là, à mon avis, nous aurons fait ce qu'il fallait faire.

— On ne pourrait pas l'adopter, nous ? demande Sarah, en ravalant ses larmes.

— Sarah. Tu as eu ton poney. Je t'avouerai même tout cru que je ne me rendais pas compte que ça reviendrait si cher. J'étais loin de me douter qu'il faudrait le ferrer tous les mois, et acheter du fourrage et autres douceurs pour le nourrir l'hiver.

— Mais maintenant, revoilà les beaux jours, ça va revenir moins cher. Je peux déjà lui supprimer son aliment composé...

— C'est entendu, mais un gros chien comme ça, il ne faut pas se mettre la tête sous l'aile, c'est deux livres de plus par semaine. Sinon trois.

— Je peux essayer de les gagner...

— Ouaff ! glousse Jane.

Ses parents lui adressent un regard sans réplique.

— Mais surtout, reprend Mme Freeman, nous ne savons rien de cette bête. Qui nous dit qu'elle n'est pas de ces chiens qui attaquent les moutons, par exemple ?

— Oh ! Maman !

— Va savoir pourquoi son maître a voulu se défaire d'elle !

— Tu as bien vu comme elle est douce.

— Douce, oui, mais craintive. Je la vois mal s'adapter à un nouveau foyer sans problème.

— Moi je suis sûre que je peux lui rendre confiance. J'en suis sûre.

— Tant qu'à avoir un chien, il vaut toujours beaucoup mieux prendre un chiot. Un animal qui grandit chez vous, et qui vous connaît dès le départ.

— Mais c'est un peu mon chien, parce que je l'ai sauvée.

— Sarah, intervient son père, je crois qu'il

faut que tu apprennes à te contenter de ce que tu as.

Sarah réfléchit un instant. Elle voit bien où est le problème : ils s'imaginent tous qu'elle veut ce chien pour elle, par instinct de possession — comme un enfant veut un jouet. Mais ils se trompent. Ce n'est pas du tout qu'elle s'est mis en tête d'avoir un chien, comme on le ferait d'un perroquet ou d'un poisson rouge. Ce chien existe. C'est un être vivant. Et sans l'avoir voulu, sans même vraiment savoir pourquoi, elle se sent responsable à son égard. C'est tout.

— Mais ce serait le chien de la famille, pas le mien ! Je veux dire, c'est moi qui m'en occuperais et tout, mais il ne serait pas seulement à moi. Vous n'en auriez que les bons côtés. Oh, s'il vous plaît !

Ils la regardent en silence, l'air grave.

— S'il vous plaît ! Permettez-lui de venir vivre avec nous ! Je serai supersage et gentille, je le promets. Le matin, je me lèverai tôt et je me ferai ma piqûre sans histoire. Comme j'ai fait ce matin. Je serai comme ça tous les jours !

— Huhum, chantage, glisse Jane.

— Je vous le promets, Maman et Papa. Je ne ferai jamais d'histoires, j'irai en classe tous les jours. Je peux le faire, si je le veux vraiment. S'il vous plaît. Adoptons ce chien !

Ses parents ébranlés échangent un regard.

— Je serai tellement gentille que vous aurez du mal à croire que c'est moi !

— Ah, marmonne son père. Tu y tiens donc à ce point.

— Qu'est-ce que je disais ! s'écrie Jane. Vous allez lui céder, pour changer.

— Jane, on ne t'a pas demandé ton avis, coupe son père. Marion, qu'en penses-tu ?

— Voyons déjà ce qu'il en est de ces bonnes résolutions cette semaine...

— Tu veux dire que c'est oui, on le prend ? s'écrie Sarah.

— On avisera samedi. Selon ta conduite de la semaine.

Jane a l'air écœurée.

— Ouais, eh ben moi, quand j'aurai des enfants, je ne les ferai pas marcher à la carotte. Et pas question de céder à leur chantage non plus. C'est bien la pire attitude, je trouve...

— Jane, commence son père — mais Jane poursuit sur sa lancée :

— Parce que, quand on commence à céder,

on n'en a jamais fini. C'est toujours plus, et encore plus, et encore plus. Offrez-leur un poney, ils vous réclament un chien, et après le chien ce sera autre chose, c'est couru d'avance...

Mais Sarah n'entend rien de ces sombres prédictions. Elle s'est levée de sa chaise pour étreindre sa mère, elle la serre à l'en étouffer.

— Dites, les filles ! commente leur père. C'est bientôt fini, ce jaquemart, toutes les deux ? Quand l'une est de bonne humeur, c'est l'autre qui récrimine et vice versa. Vous ne pourriez pas un peu...

Bras en balanciers, mains en coupe, il complète sa phrase d'une mimique qui en dit long.

Chapitre 6

Trois jours durant, Sarah tient promesse. A peine sa mère surgit-elle dans sa chambre sur le coup de sept heures du matin, munie du plateau fatidique, que Sarah saute à bas du lit, prépare sa seringue sans une plainte et, encore à moitié endormie, se fait sa piqûre d'insuline. A vrai dire, l'aiguille achève de la tirer du sommeil, mais elle pousse bravement, s'interdit tout état d'âme, et la voilà débarrassée de la corvée — du moins jusqu'au lendemain. Elle n'a pas encore trouvé le courage de se faire cette injection dans le bras, mais elle se force à changer de jambe, et tâche de varier l'emplacement d'une fois sur l'autre. Mme Freeman s'estime heureuse et ne dit rien.

Vient le jeudi. Sa mère l'a appelée quatre fois déjà, sans grand succès. Au lieu de s'extraire du lit d'un seul geste, comme les trois matins précédents, Sarah reste blottie sous ses couvertures.

— Eh bien, Sarah ? Debout !

— Oooh Maman... Sais pas ce que j'ai, mais ça va pas fort...

— Tu as besoin de sucre ?

— Sais pas. Mal à la tête.

— Fais ta piqûre bien vite, ça ira mieux après.

Sarah ne bouge pas.

— C'est derrière les yeux que ça fait mal.

— Voyons cette haleine.

Sa mère se penche et hume. Lorsque Sarah souffre d'un excès de sucre dans le sang, son haleine dégage une odeur de foin frais. Elle en retrouve d'ailleurs le goût dans sa bouche.

— Bien ce que je pensais, dit sa mère. Trop de sucre.

C'est aussi ce que craignait Sarah. Lorsque son taux de sucre s'élève, c'est derrière les globes oculaires qu'elle le ressent d'abord. Simple question de pression sur les nerfs, d'après ce qu'elle a compris des explications du médecin.

— Dépêche-toi de faire cette piqûre, répète sa mère. Tu te sentiras tout de suite mieux.

— Ooh, peux pas.

— Enfin, Sarah, ça ne va pas recommencer ! C'est toujours le jeudi, si je comprends bien ?

— Envie de vomir.

— Qu'est-ce que tu as donc, comme cours, le jeudi ?

— Rien de spécial. Comme tous les jours.

— Tu en es sûre ?

— Sauf qu'on a deux heures de chimie.

— Et tu aimes ça, la chimie ?

— Déteste pas.

— Qui avez-vous, en chimie ?

— M. Hill.

— Et tu l'aimes bien ?

— Pas de problème. Il est sympa.

— Mais alors qu'est-ce qu'il y a donc qui te déplaît dans les jeudis ?

— Oh, Maman, s'il te plaît ! Je t'assure, ça n'a rien à voir avec la classe.

— Ecoute, Sarah, je ne demanderais pas mieux que de te croire. Seulement, depuis le début du trimestre tu n'as pas fait une semaine complète, pas une. Il va falloir faire mieux le trimestre prochain. Sans compter que tu avais promis...

Sarah ne l'a pas oubliée, cette promesse. Elle se débat pour s'extirper du lit. Si elle n'arrive pas à se lever, la chienne est perdue.

— C'est pas parce que je veux manquer la classe, Maman, je t'assure.

Elle s'assied sur le bord du lit, se fait sa piqûre. Elle n'a pas la main sûre, c'est plus douloureux que d'ordinaire. Elle se contente de serrer les dents. Puis elle se traîne jusqu'à la salle d'eau.

Le petit déjeuner passe mal. Mais il faut manger, il le faut. C'est obligatoire, après l'injection d'insuline. Elle avale avec peine, chaque bouchée lui lève le cœur. Elle prend son car en somnambule.

A peine arrivée au collège, elle se précipite aux toilettes. Il était temps ; elle vomit tout, en un jet violent. Elle rejoint les autres à temps pour le rassemblement et la prière. Mais c'est à peine si elle entend ce qui se dit autour d'elle. Dans sa tête, une seule question : que va-t-il se passer maintenant ? Elle a l'estomac vide, puisqu'elle a tout vomi ; ce qui signifie, en théorie, que l'excès d'insuline devrait la mettre sous peu en état d'hypoglycémie. D'un autre côté, ce matin, elle souffrait d'un excès de sucre : ce mal de tête, elle le connaît, et la pression derrière les yeux est toujours là. Peut-être les deux maux vont-ils s'équilibrer ? Elle le souhaite de toutes ses forces, mais elle sent que ce ne sera pas le cas. Déjà la voix de la directrice se fait étrangement lointaine, déjà les murs de la grande salle ne sont plus tout à fait d'équerre, ils se mettent à tournoyer lentement. Sarah se raccroche à sa voisine, ses genoux se dérobent sous elle...

Autour d'elle, c'est la panique. Le professeur principal de sa classe, Mme Hibbert, se fraie un passage jusqu'à elle en jouant des coudes parmi ses élèves.

— Ecartez-vous, écartez-vous ! Il lui faut de l'air.

Elle prend Sarah sous les aisselles, l'entraîne vers la sortie. Les autres s'effacent pour les laisser passer. Aux oreilles de Sarah, le murmure du service religieux faiblit, puis s'interrompt tout à fait.

— Jane Freeman est-elle ici ? demande la directrice.

— Présente, dit Jane embarrassée.

— Ta sœur a un malaise, pourrais-tu aller voir ce qu'il en est, s'il te plaît ?

Jane se dirige vers la sortie et s'immobilise dans l'entrée, bras ballants.

— Ne reste pas plantée comme ça ! s'impatiente Mme Hibbert. Que fait-on, chez toi, lorsque ce genre de chose lui arrive ?

— Oh, ce n'est rien du tout, dit Jane. Elle a juste besoin de sucre.

— Mais fais quelque chose, enfin !

— En principe, elle a du sucre sur elle, dit Jane en s'élançant vers le vestiaire pour y prendre le cartable de sa sœur.

Elle revient en brandissant le sachet de morceaux de sucre, et Mme Hibbert commence par tenter d'en faire croquer un à Sarah. Mais Sarah est incapable de croquer, et Mme Hibbert envoie Jane chercher de l'eau chaude en salle de sciences. Le professeur de sciences naturelles fait fondre trois morceaux de sucre dans un verre et raccompagne Jane vers sa sœur. Dans l'intervalle, on a transporté Sarah à l'infirmerie. Mme Hocking va l'y retrouver avec son verre d'eau sucrée, et s'efforce de lui en faire avaler quelques gorgées. Sarah paraît déglutir normalement, mais vingt secondes après elle rejette tout ce qu'elle vient d'ingurgiter.

— Il faut recommencer ! s'écrie Mme Hibbert en saisissant une cuvette.

Mais Sarah rejette avec constance tout ce qu'on lui fait avaler.

L'assemblée terminée, la directrice gagne l'infirmerie à grands pas pour prendre des nouvelles de la malade. Elle a tôt fait de mesurer l'urgence de son état. Elle appelle l'hôpital et, plutôt que d'attendre une ambulance, elle fait transporter Sarah dans sa voiture pour la conduire elle-même aux urgences.

Jane rejoint sa classe, dépitée : à peine si elle a manqué les cinq premières minutes du cours de maths.

Pour Sarah, l'histoire s'est terminée sur la voix de la directrice en train de dire les prières. Les mots n'avaient plus de sens pour elle, mais leur chant s'est imprimé dans sa tête comme une incantation modulée, têtue, sans cesse répétée...

Lorsqu'elle rouvre les yeux, elle voit d'abord un plafond blanc, très haut au-dessus d'elle. L'hôpital. Elle est à l'hôpital. Elle le comprend immédiatement.

Quelque chose lui serre le bras. Etroitement. Un médecin lui tient le poignet. Il lui injecte un liquide dans une veine.

— Là... Voilà, dit-il en la voyant ouvrir les yeux. Tout va bien maintenant, c'est fini.

Il achève l'injection, retire l'aiguille. Il presse un bout de coton sur l'endroit de la piqûre. Il retire le tourniquet de caoutchouc qui enserrait le haut du bras. C'était pour faire ressortir la veine, Sarah le sait.

Elle est allongée sur un chariot, à l'intérieur d'un box entouré de rideaux. Le médecin murmure quelques mots à l'adresse d'une infirmière (Sarah saisit le mot admission), puis tous deux la laissent seule. Sarah entend l'infirmière prononcer quelque chose au téléphone.

Elle se sent seule, abandonnée, épuisée. Mais ce qui l'abat surtout, c'est un sentiment de défaite. Elle qui voulait prouver qu'elle était tout à fait capable de soutenir sans faiblir le rythme d'une semaine de classe ! Elle se l'était promis, elle s'était appliquée... Elle a échoué. Elle peut dire adieu à la chienne labrador. Ils vont la piquer, elle le sait.

A son retour, l'infirmière la trouve en larmes.

— Ah non ! pas de ça, dit-elle gaiement. Tout va s'arranger, alors on ne pleure pas.

Bien comme Maman, songe Sarah.

— C'est pas pour ça que je pleure, essaie-t-elle d'expliquer.

L'infirmière n'a pas l'air d'avoir entendu.

— Maintenant, dit-elle, on va gentiment aller dans un lit.

— Je ne peux pas retourner en classe ? hasarde Sarah, dans un dernier effort pour accomplir sa semaine comme promis.

— Non non, tu restes ici. En observation. Un jour ou deux.

— Je serai à la maison samedi ? demande Sarah au désespoir.

— Après-demain ? On verra, ça dépend.

Un aide-soignant rejoint l'infirmière. A eux deux, ils emmènent Sarah, toujours sur son chariot, à travers un dédale de couloirs, d'ascenseurs, de portes à doubles battants qui ouvrent sur d'autres couloirs encore. Sarah désorientée serait bien incapable de retrouver son chemin.

— On a eu ta maman au téléphone. Elle viendra te voir ce soir.

Encore deux portes battantes, mais celles-là ouvrent sur une grande salle. Dans les lits alignés, Sarah aperçoit des femmes, les unes assises, les autres allongées. Deux ou trois box ont leurs rideaux tirés.

— Il n'y avait pas de place pour toi à l'étage des enfants, explique l'infirmière. Mais ça ne fait rien, n'est-ce pas ?

Le chariot s'immobilise le long d'un lit vacant. L'auxiliaire disparaît. L'infirmière tire les rideaux pour refermer le box sur Sarah et elle. Elle donne à Sarah une chemise de nuit d'hôpital, au moins deux fois trop longue et trop large. Sarah couchée, elle rouvre les rideaux d'un coup sec et disparaît.

Sarah observe la scène autour d'elle. Ses voisines sont surtout des vieilles dames, les unes allongées, les autres assises. Quelques-unes lui sourient. D'autres contemplent le plafond. Au pied des lits sont accrochées des fiches. Sur plusieurs figure la mention, en grosses lettres rouges : NE PAS ALIMENTER. Comme pour des bêtes de zoo, se dit Sarah.

Au-dessus de sa tête, dans l'angle, elle avise un poste de télévision — éteint. A force de fureter, elle découvre ses écouteurs et les diverses commandes de son, radio et télévision. Elle se livre à des expériences, essaie un peu toutes les chaînes, écoute Radio One un moment.

Une nouvelle infirmière survient sur ces entrefaites, et lui fait une prise de sang. Là-dessus, sa voisine de gauche entreprend de lui raconter par le menu ses opérations successives. Sarah est si peu captivée qu'elle finit par remettre ses écouteurs, discrètement, pour s'offrir un peu de musique. Ce qui ne l'empêche pas de faire semblant d'écouter tout en hochant la tête, l'air compatissant. Sa voisine de droite a l'air bien malade.

Vient l'heure du déjeuner. On lui apporte du poisson et un peu de crème glacée. On lui refait une prise de sang. Elle songe à sa mère. Elle doit venir ce soir, a dit l'infirmière. Ce soir, mais quand ? Quelqu'un allume la télévision. Sarah la regarde un peu, somnole, regarde à nouveau, se rendort... L'après-midi s'écoule ainsi, interminable et bref à la fois.

Après le repas du soir, qui est servi très tôt, toute la salle paraît s'éveiller. L'heure des visites approche. Les malades allongées s'assoient, font un brin de toilette. Les femmes de service emportent les derniers plateaux, les infirmières retapent les oreillers, ouvrent grand les rideaux. Des visages apparaissent aux vitres, à l'entrée de la salle.

Enfin les portes s'ouvrent et les visiteurs entrent. Les uns se dirigent d'un pas décidé vers des lits familiers, les autres avancent à pas hésitants, l'air égaré. Sarah aperçoit Jane, et derrière elle ses parents. Ils s'engagent dans l'allée, tout souriants.

Mais Sarah n'a pas le sourire. La journée a été longue. Elle a eu tout le temps de remâcher son chagrin : faute d'avoir tenu promesse, elle a perdu ses chances de sauver la chienne labrador.

— Maman, oh ! Maman, pardon ! s'écrie-t-elle dès que sa mère est à portée de voix. Je ne l'ai pas fait exprès, tu sais !

— Mais non, ce n'est pas ta faute, nigaude, je le sais bien, dit sa mère en l'embrassant.

— J'ai fait tout ce que j'ai pu, je t'assure.

— Il n'y a pas de quoi fouetter un chat, grosse maline !

— Même que je voulais retourner en classe, mais ils n'ont pas voulu.

— Ne t'inquiète donc pas.

— Seulement, avec tout ça, la chienne...

— Ne t'en fais donc pas pour la chienne, dit son père. Tout ça n'a rien à voir...

— M. Haytor a appelé ?
— Non. On avisera samedi, si personne ne la prend d'ici là.

Peut-être est-ce le ton de sa voix ? Il n'a rien promis du tout, mais sans savoir pourquoi Sarah reprend espoir.

Comme elle n'a pas droit aux bonbons, ses parents lui ont apporté des fruits et une bouteille de jus d'orange. Sa mère y a ajouté quelques livres, un ou deux magazines, de quoi écrire et dessiner, sa trousse de toilette, une chemise de nuit et une robe de chambre. Il y a même une surprise en plus, des pantoufles neuves. Mme Freeman range tous ces trésors dans la table de nuit, et tire les rideaux du box un instant pour permettre à Sarah de troquer sa chemise d'hôpital contre sa chemise de nuit à elle. Après quoi, elle part à la recherche de l'infirmière en chef pour échanger quelques mots avec elle.

Jane commence à trouver le temps long. Pour s'occuper, elle picore quelques grains de raisin, tripote les écouteurs... Elle pose le doigt sur la sonnette d'appel.

— Hé, touche pas à ça ! s'écrie Sarah.
— Pourquoi ?
— C'est pour appeler une infirmière.

— Comment veux-tu que je le sache ?

— T'as pas besoin de tout tripatouiller.

— Ho ! les filles, dit leur père. Pas ici, s'il vous plaît.

— M'enfin, écoute, c'est vrai ! Elle touche à tout, elle mange mes fruits...

— Jane ! dit M. Freeman sur le ton de l'avertissement.

— Bon, bon, ça va ! marmonne Jane. Si on peut plus rien faire...

Elle s'assied, prend des airs de martyr.

Leur mère revient et résume brièvement ce qu'elle a appris de l'infirmière. Sarah doit rester à l'hôpital un jour ou deux ; les médecins espèrent par là « rétablir son équilibre »... Spontanément, M. et Mme Freeman jettent un regard en direction de Jane. Elle est bien capable de narguer sa sœur en la traitant d'instable ou quelque chose du même tonneau. Mais Jane garde bouche cousue, les yeux rivés au plafond.

— Et qu'est-ce que ça veut dire, tout ça ? s'enquiert Sarah prise de soupçons.

— Qu'on va tailler tes ailes de petit ange pour te rééquilibrer, lance Jane inspirée.

— Jane ! se récrient ses parents d'une seule voix.

— Tu vas te taire, 'spèce d'imbécile ? aboie

Sarah. Faites-la taire, bon sang, elle arrête pas ! Elle bâfre mes raisins et elle fait tout pour m'embêter !

— Jane, dit M. Freeman sans hausser le ton, je crois que tu ferais mieux d'aller nous attendre dehors. (Autour des lits voisins, les conversations se sont tues, les regards convergent vers Sarah et les siens.) Et Sarah, je t'en prie, arrête de crier comme un putois. Tu n'es pas dans les bois, ici.

— Mais c'est sa faute ! proteste Sarah. Elle fait rien que m'énerver !

— Mille excuses, dit Jane. Je ne dirai plus un mot.

Et elle reprend sa contemplation du plafond. Mme Freeman se tourne vers son aînée :

— Ce n'est tout de même pas parce que Sarah a des pantoufles neuves, si ?

— Tu parles, dit Jane. Pour ce que ça a d'affriolant, des pantoufles !

— Maman, demande Sarah. Qu'est-ce qu'ils vont me faire, au juste ? Ils te l'ont dit ?

— Rien de plus que ce qu'ils font déjà. C'est l'infirmière en chef que j'ai vue. Elle m'a dit, mot pour mot, que ton taux de glycémie monte et descend comme l'archet d'un violoneux. Inutile de le préciser, elle est irlandaise... Bref, ils vont te garder en observation, et tâcher de maintenir ton taux de sucre constant en te donnant au fil des heures la dose exacte d'insuline nécessaire.

— Et ça servira à quoi ?

— A le ramener à un niveau raisonnable.

— Mais dès que j'aurai quitté l'hôpital tout sera à refaire.

— Peut-être, mais au moins tu repartiras du bon pied.

— Je n'en vois vraiment pas l'intérêt, s'entête Sarah.

La nuit n'est qu'un long cauchemar. Sarah est habituée à l'obscurité complète, pas à la lueur sinistre des veilleuses. De toute façon, ce décor inconnu suffit à l'empêcher de s'assoupir tout à fait. A deux reprises on vient la tirer de sa somnolence pour une analyse d'urine, la troisième fois c'est pour une piqûre. Elle espère qu'ils savent ce qu'ils font.

Plus tard dans la nuit, c'est un remue-ménage autour du lit voisin qui l'arrache au demi-sommeil. On a tiré les rideaux autour du box, et un médecin s'y précipite à grandes enjambées. Les infirmières vont et viennent. Au passage, sept ou huit fois, elles bousculent le lit de Sarah. Toute la scène se déroule sur fond de halètement continu. Pour échapper à ce bruit morbide, Sarah se détourne et enfouit sa tête sous ses couvertures.

Elle serait prête à jurer qu'elle n'a pas fermé l'œil de la nuit, mais elle a dû dormir un peu car au petit matin, comme on allume les lumières dans la salle, le lit voisin est vide. Les draps ont disparu, les couvertures pliées au carré attendent le prochain occupant. Sarah se rappelle soudain le remue-ménage de la nuit. Elle a tout rêvé, peut-être ?

Elle somnole encore un peu, puis on vient la réveiller pour le petit déjeuner.

— Au fait, qu'est-ce qui est arrivé à la dame d'à côté ? demande-t-elle à l'auxiliaire qui lui apporte son plateau.

— Oh, on l'a changée de salle, s'empresse de répondre la jeune femme.

Sarah n'est pas certaine d'y croire.

Après le petit déjeuner, on lui fait une nouvelle prise de sang, suivie d'une nouvelle piqûre. Elle a plus que jamais l'impression d'être une vraie pelote d'épingles. Sans grand espoir, elle proteste :

— Mais on m'en a déjà fait une !

— Je sais, dit l'infirmière, mais ce sont de toutes petites doses qu'on te donne là. Dis-toi qu'il y a des enfants qui ont deux piqûres par jour, même en temps normal.

— Les pauvres, je les plains !

— Il est pourtant bien plus facile de contrôler un diabète avec deux injections d'insuline à action rapide qu'une seule injection d'insuline à action prolongée comme celle que tu prends.

Plus facile, peu importe. Pour Sarah, une seule piqûre suffit amplement.

Un médecin vient la voir, mais il garde le nez dans ses notes. On installe une nouvelle patiente dans le lit voisin. Peu après, une dame circule dans la salle avec un chariot de journaux et de magazines, et un assortiment de confiseries à vendre. Sa voisine de gauche se propose d'en acheter pour Sarah, qui est bien obligée de lui dire qu'elle n'y a pas droit. Elle enfile sa robe de chambre et s'offre une petite promenade. La journée se traîne misérablement. Personne n'a fait mention d'un retour à la maison.

Sur le coup de sept heures du soir, ses parents font leur apparition dans la salle — sans Jane.

— Je viens de voir l'infirmière, annonce sa mère. Tu repars avec nous. En route !

Sarah s'habille en hâte derrière les rideaux de son box. Pendant ce temps, son père va chercher la voiture pour la ranger devant la porte. Sa mère achève d'empaqueter les affaires de Sarah dans un sac de voyage. Elle chuchote soudain :

— Ce n'est pas la même dame qu'hier, juste à côté, si ?

— Non, dit Sarah. Je crois que l'autre est morte.

— Ah. Il faut dire, elle avait l'air bien malade...

A l'approche de la maison, Sarah sent l'excitation la gagner. Elle n'est pas partie depuis plus de deux jours — deux longs jours et une longue nuit —, il lui semble s'être absentée des semaines. Ses parents aussi ont l'air un peu fébriles.

La voiture au garage, ils sortent tous trois. Jane a dû guetter leur arrivée, car elle apparaît comme par enchantement à la porte de derrière. A la même seconde, quelque chose de beige surgit sur le seuil et lui déboule entre les mollets.

La chienne ! C'est la chienne labrador ! Elle court à leur rencontre, l'arrière-train au ras du sol, la queue en balancier timide comme pour s'excuser d'exister.

— Oh, Papa ! hurle Sarah dans un délire de joie sauvage.

Elle s'agenouille, s'assied sur les talons, et la chienne pousse son gros museau moite contre sa poitrine, sous son cou. Elle semble reconnaître Sarah, sa queue gagne en allégresse, accélère, s'emballe pour de bon, jusqu'à n'être plus qu'un tourbillon clair fait d'au moins dix queues à la fois.

Chapitre 7

Ce soir-là, la chienne passe la nuit dans la chambre de Sarah. Sa mère n'y a consenti qu'à regret.

— Un chien, ça dort dehors, ou à la cuisine à la grande rigueur. C'est idiot de lui donner de mauvaises habitudes. Si tu la prends dans ta chambre ce soir, elle voudra toujours y dormir.

— Oh ! mais moi ça m'est égal.

— Je ne pense pas que ce soit très sain. Les animaux n'ont rien à faire à l'intérieur des habitations.

— Juste pour cette nuit...

— Bon, passons pour cette nuit. Mais pas sur le lit, hein ? Pas question !

Sarah a trouvé un grand carton vide et rabattu les côtés vers l'intérieur. Un vieux rideau plié en guise de literie, et voilà un honnête panier à chien, en attendant mieux.

Avant l'heure du coucher, elle a tenu à promener la chienne. Dans tous les ouvrages traitant de l'art d'élever un chien, la promenade vespérale est vivement recommandée. La chienne n'y tenait qu'à moitié : quitter la maison ne lui disait rien qui vaille. Sarah l'a emmenée jusqu'au pré de Sam, par le petit sentier. Sitôt franchi le portail du jardin, la chienne l'a suivie comme son ombre, la queue basse.

Sarah lui a présenté Sam. Il a baissé la tête, cou tendu, et ils se sont flairés mutuellement, museau contre mufle. La chienne n'a pas paru impressionnée outre mesure par leur différence de taille.

Maintenant, c'est l'heure du couvre-feu. Sarah s'est glissée dans son lit, la chienne dans son carton, juste à côté. Mais Sarah n'est pas pressée d'éteindre. Elle veut encore contempler la chienne, pelotonnée dans un vieux rideau, menton entre les pattes.

Au fait, pourquoi dit-on un « labrador doré » ? Sarah trouve que c'est idiot. Le pelage de sa chienne n'évoque pas l'or, en fait. Rien à voir avec un métal, pour commencer — sa robe est bien plus douce, plus chaude, plus veloutée. Et la couleur n'est pas la même, Sarah dirait plutôt... fauve clair ? blond cendré ? isabelle ? Quelque chose comme ça, et plus sombre sur les oreilles et l'échine — là, le poil est carrément chamois, ou même lion, lion clair peut-être. (De quelle couleur sont les lions, en vrai ?) En tout cas, sur le ventre, il est presque tout blanc — blanc cassé, ou sable. Et aussi sous le menton, et l'envers de la queue. (Au fait, est-ce qu'une queue de chien a un envers et un endroit ?) Le plus frappant, c'est la façon dont ses poils sont rangés, tous bien dans le même sens, comme si on avait brossé la chienne des heures durant. Sur le dos, on dirait des algues bercées par le courant à la surface d'un ruisseau, tant ils suivent étroitement le contour de son corps. Sur la poitrine, ils se rejoignent au milieu pour former comme une crête de vague. C'est là qu'ils sont le plus longs, le plus clairs. Ils sont même un peu recourbés au bout, le long de cette ligne médiane qui lui fait comme une couture sous le ventre. Quelques-uns de ces poils touffus se retrouvent sur son arrière-train, à la façon d'une culotte bouffante, et un peu sous son plumet de queue.

Sarah s'apprête à éteindre, allonge le bras, se ravise. Non. Admirer encore un peu. L'inventaire n'est pas terminé. La tête aussi mérite attention — le front large, la truffe noire avec une touche de rose au bout ; et puis, autour du museau, ces drôles de petits trous alignés, comme ceux d'une poivrière, où percent çà et là de longs poils de moustache. Les yeux sont luisants, couleur de marron d'Inde.

Cette inspection soutenue paraît gêner la chienne. Elle s'agite vaguement dans son carton, comme si elle se sentait en faute, elle change de position, déplie les pattes. La voyant prête à se relever, Sarah s'empresse d'éteindre.

— Non, couché, chien. Sage.

« Chien ? » C'est ridicule. Il faut lui trouver un nom. Sarah s'enfonce dans son lit et réfléchit à la question, les yeux ouverts dans le noir, rivés sur le rectangle incertain de la fenêtre. Victoria ? Emily ? Emma ? Pourquoi pas ? Non. Le problème, justement, c'est de ne pas choisir un « pourquoi pas ». Un pourquoi pas, c'est un n'importe quoi. Il faut trouver mieux.

Dans son carton, la chienne s'agite. Sarah se relève sur un coude.

— Martha, silence !

C'était juste un essai, pour voir. Et la réponse est non : Martha ne convient pas. Pas du tout.

Au même instant, flomp ! Quelque chose de lourd et pointu vient atterrir sur Sarah, sur le ventre et l'estomac. La chienne ! Elle a sauté sur le lit !

— Veux-tu... ! proteste Sarah. Dans ton carton, tout de suite !

Elle essaie de pousser en douceur, d'évacuer la masse inerte, mais rien ne bouge. Alors elle gigote avec force, des poings et des genoux à la fois, à travers les couvertures. La chienne bascule par-dessus bord.

Sarah rallume, remet de l'ordre dans le lit de la chienne, le tapote et dit : « Couché ! » d'un ton qui se veut autoritaire.

Et elle éteint d'une main décidée.

Elle écoute. Dans son carton, la chienne halète. Sarah sent le sommeil venir ; la nuit précédente, à l'hôpital, n'a guère été réparatrice...

Et flomp ! Cette fois, la chienne a atterri au niveau de l'estomac, Sarah en a le souffle coupé. Elle rallume à tâtons, et la chienne aussitôt regagne son carton. Debout sur le vieux rideau chiffonné, elle regarde Sarah, perplexe, en remuant la queue à tout hasard.

— Couché ! lui crie Sarah tout bas, aussi fort qu'elle peut se le permettre sans risquer d'alerter la vigilance maternelle.

Mais elle n'a pas plutôt éteint que la chienne est de retour sur le lit. Alors Sarah capitule. Elle étale le vieux rideau, avec soin, au bout du lit, afin que pas un poil errant ne trahisse toute l'affaire au matin, et elle se tourne vers la chienne.

— Bon, allez, viens ! Couche-toi là, dit-elle en tapotant l'emplacement.

Docile, la chienne s'installe tout au bout du lit.

Sarah réintègre sa portion de lit et n'ose plus déplier les jambes. Mais à peine a-t-elle éteint que l'autre amorce une manœuvre de remontée vers le haut du lit. Une minute plus tard, elle est allongée de tout son long contre Sarah. Par bonheur, le lit est à deux places. Sarah enlace le cou de la chienne, qui lui répond d'un coup de langue sur le poignet.

La chienne pousse un long soupir guttural. C'est la béatitude absolue. Toutes deux s'endorment presque aussitôt.

Au beau milieu de la nuit, Sarah entend gémir.

Elle est de retour sur la falaise, près du puits de mine. C'est un chien qui pleure, quelque part dans le gouffre...

Elle se débat pour s'arracher au sommeil. Durant quelques secondes, elle ne sait plus où elle est. Ha ! oui. Dans sa chambre. Avec la chienne... qui n'est plus sur le lit !

La chienne est à la porte, et c'est elle qui gémit.

Sarah se lève, ouvre la porte, suit l'animal dans l'escalier. Les griffes de la chienne font un bruit infernal sur les marches, Sarah s'attend à voir surgir toute la maisonnée, éveillée par ce ramdam. Mais pas moyen de faire ralentir la chienne, à croire qu'elle a le diable aux trousses !

Tout doux, tout doux, Sarah ouvre la porte de derrière. La chienne file au jardin, comme happée par la nuit.

L'air est froid. Sarah referme la porte et attend. Une minute plus tard, elle entend la chienne revenir et gratter timidement à la porte. Toutes deux remontent se coucher.

— Sarah, dit sa mère le lendemain en apportant le plateau, tu t'es levée, cette nuit ?

— Oui, je suis allée faire pipi. Comme toutes les nuits, ou presque.

— En principe, tu ne devrais pas en avoir besoin.

— Oh, c'est plutôt par habitude, tu sais.

— Il m'a semblé t'entendre descendre.

— Euh, j'ai fait sortir la chienne.

A la réflexion, peut-être est-ce pour cette raison que son maître s'est débarrassé d'elle ? Parce qu'elle demandait à sortir la nuit ? Sarah se dit que ça lui est bien égal. Du moment que c'est elle qui la garde dans sa chambre, et que la chienne la prévient quand elle a besoin d'aller au jardin...

Sarah se sent en pleine forme, et tellement heureuse que c'en est presque de l'ivresse. Il lui semble que rien ne pourrait l'arrêter.

Tout en préparant sa seringue, elle explique à la chienne ce qu'elle est en train de faire. L'autre s'approche, contente, et s'appuie de tout son poids contre la jambe de sa maîtresse, juste au moment où l'aiguille s'enfonce.

— Hé ! maline ! Regarde ce que tu m'as fais faire ! s'écrie Sarah.

Elle n'est même pas vraiment en colère, mais la chienne est si sensible à la moindre intonation qu'elle s'éloigne, tête basse, la queue entre les pattes. Elle a l'air si choquée que Sarah en a mal au cœur.

— Mais c'est rien, va ! Je t'en veux pas, dégourdie.

Elle achève l'injection en hâte et va s'agenouiller près de la chienne pour l'étreindre et la consoler.

— Faut pas t'en faire, ma grosse, quand je me fâche. Ne va surtout pas croire que je t'en veux.

Mais l'inquiétude persiste dans le regard brun sombre, et Sarah se promet de chasser cette ombre. Elle achève de s'habiller, emmène la chienne au jardin et l'invite à jouer. La chienne entre dans le jeu sans se faire prier et bientôt, surexcitée, elle décrit des cercles endiablés d'un bout à l'autre de la pelouse.

Elle est si drôle dans cet instant de folie, à tournoyer au ras du sol, à grands bonds de kangourou ivre, que Sarah en rit à s'en étouffer presque. Dans son ardeur contagieuse, la chienne fait voltiger des touffettes de gazon. Une authentique tornade.

Tout à coup, elle s'immobilise. Muscles tendus, museau dressé, elle fait la belle et lance un jappement — une invite. Sarah s'élance vers elle, mais la chienne bondit de côté et reprend son tourbillon fou. Cette fois, elle change de direction toutes les deux ou trois secondes, à vous en donner le tournis, et ses pattes ont du mal à suivre.

Le reste de la maisonnée sort pour profiter du spectacle, et c'est à qui l'encouragera le plus fort.

— Vous parlez d'un clown ! dit M. Freeman.

Mais Sarah se dit que peut-être il n'y a pas que de la joie dans cette façon d'agir. Comment savoir si, par ce manège, la chienne n'essaie pas de les séduire, parce qu'elle n'est pas encore très sûre qu'ils l'aient vraiment adoptée ?

— A table ! crie Mme Freeman, se souvenant soudain qu'elle a du bacon sur le gril. Sarah, tu n'as rien mangé encore ! Viens vite.

La chienne repère le mouvement de repli vers la maison. Aussitôt, elle cesse son numéro et fonce vers la porte pour entrer la première. Mais sitôt franchi le seuil elle freine des quatre pattes — et s'offre un dérapage stylé sur le carrelage. Son épine dorsale se hérisse du bout de la queue aux omoplates. Elle hésite, avance une patte prudente...

La surprise de ses maîtres est de courte durée. La cause de ce revirement est là, devant la cuisinière. Dos en arceau, plus hérissée qu'une épinoche, elle chuinte dans sa moustache, en signe d'avertissement : Miss Moppet ! Ils ne l'avaient pas revue depuis vendredi soir — depuis l'arrivée de la chienne très exactement. Mais elle a dû se dire qu'il était temps de reprendre possession des lieux...

— Arrêtez-la ! s'affole Jane. Arrêtez la chienne ! Elle va la tuer !

Mais Miss Moppet se sent de force à maîtriser la situation. Son sifflement éloquent produit l'effet escompté : la queue basse, la chienne fait demi-tour et bat en retraite vers Sarah.

Lentement, le dos de la chatte s'abaisse, l'ensemble de sa personne reprend des proportions normales. Elle a gagné. Son territoire lui est reconnu de plein droit. Alors, avec cet air dédaigneux des chats qui règnent sur leur domaine, elle entreprend de faire sa toilette.

Jane la cueille avec mille précautions et la serre contre son cœur.

— Pauvre petite Jemima Moppet ! On a eu très peur, hein ? Très peur du grand vilain chien !

Alors Sarah s'agenouille pour étreindre sa chienne aussi. Elle plonge la main dans le poil doux, au niveau du garrot. Mais que sa fourrure est donc lâche ! Et que la chienne est mince et grêle sous ces replis de peau en trop !

— Ma pauvre, lui murmure Sarah, imitant le ton de sa sœur. Il t'a fait peur, le vilain minet ?

M. Freeman feint de prendre le ciel à témoin :

— Seigneur ! Entre ces filles et leurs bestioles, nous voilà bien lotis ! Et si on passait à table, maintenant ?

Après le petit déjeuner en famille, plus long et plus animé que d'ordinaire, Sarah prend sa mère par le bras.

— Maman, viens. Viens la caresser ! Tu ne lui as même pas dit bonjour encore !

Tout en parlant, elle entraîne sa mère vers le coin de cuisine où la chienne repose dans son carton, installé là pour le jour.

— Sarah ! Mais tu m'arraches le bras !

— Dis, Maman ! Dis-lui qu'elle est belle ! Parce qu'en plus c'est la vérité. Je parie que tu n'avais jamais un chien aussi beau, de toute ta vie !

— Je dois dire qu'au moins elle ne vous saute pas dessus comme le font tant de gros chiens, reconnaît Mme Freeman. Voilà bien une chose qui me met hors de moi.

— Mais tu ne l'as pas encore touchée, n'empêche. Allez, Maman, vas-y, caresse-la !

Mme Freeman hésite.

— Bon sang, Maman, mais secoue-toi ! T'es complètement inhibée ou quoi ?

— Sarah, enfin ! A t'entendre, on croirait que tu as trop bu !

— Et alors ? Je suis droguée, non ? Tu m'a jamais vue me faire ma petite piquouse, le matin ?

Tout en parlant, elle esquisse le geste d'enfoncer une aiguille invisible. Sa mère effleure le crâne de la chienne.

— Oh ! mais il faut y aller plus franchement ! s'écrie Sarah. Il faut faire comme ça...

Et d'une main résolue elle ébouriffe sa mère.

— Sarah, arrête ! Je te jure ! Je me demande ce qui est le plus fatigant, avec toi : quand tu es d'humeur massacrante ou quand au contraire tu nages dans la joie !

Sarah rit. Aujourd'hui, rien ne saurait l'atteindre.

— Mais oui, je nage, je flotte, je plane. Maman, caresse-la. Fais-lui voir que tu l'aimes.

— Bon, capitule sa mère. Tu vas voir.

Elle s'agenouille, caresse à tour de bras. Ce n'est plus de la tendresse, c'est du débordement.

— Allez, ça va ! Suffira comme ça, coupe Sarah au bout d'un moment.

— Mais tu sors à peine de l'hôpital ! plaide

sa mère, sur le ton de l'argument sans réplique.

— N'empêche que je suis en pleine forme, rétorque Sarah.

Sa mère exagère. Ce n'est tout de même pas comme si elle relevait de maladie ou d'une grave opération ! Au contraire, ce bref séjour à l'hôpital l'a requinquée, c'est le moment ou jamais de profiter de cette énergie neuve. Ce serait ridicule de rester entre quatre murs comme une convalescente étiolée. Elle qui avait décidé d'aller faire un tour chez Gillian, avec Sam, en emmenant la chienne !

— Ecoute, j'ai une idée, dit sa mère. Si tu venais avec moi en ville, lui choisir un collier et un panier digne de ce nom ?

— Tu peux très bien faire ça sans moi.

Sarah ne raffole pas des courses — et elle a mieux à faire aujourd'hui.

— Moi, je crois que tu présumes trop de tes forces. Le poney et la chienne en même temps, c'est beaucoup. N'oublie pas que tu viens de passer deux jours au lit.

— Justement ! J'ai fait le plein d'énergie !

— En plus, tu ne sais absolument pas comment la chienne va se comporter. Et si elle saute par-dessus un talus pour aller faire courir des moutons, hein ?

— Les moutons, les moutons ! Mais c'est une obsession !

— Il y a des tas d'agneaux dans les prés, en ce moment. On ne sait jamais... Moi, je crois qu'il vaudrait mieux commencer par promener la chienne en laisse, sagement, pour l'habituer. Ensuite, si tu y tiens encore, tu iras faire un tour avec Sam. Ce sera nettement plus raisonnable.

— Bon, d'accord, dit Sarah. Je vais aller chez Gillian à pied, ce matin, avec la chienne, et cet après-midi j'irai faire un tour avec Sam.

— Hum. C'est beaucoup.

— Mais je te répète, je tiens la grande forme.

A l'aide d'une ceinture et d'une corde, Sarah confectionne une laisse de fortune et les voilà parties toutes deux, sur le chemin qui mène chez Gillian. La chienne est un modèle de sagesse. Elle ne tire pas, ne fait pas d'écart, s'arrête tout juste ici et là le temps de flairer — avec retenue — les odeurs dignes d'intérêt. Elle est si raisonnable, en fait, que Sarah décide de la lâcher. La chienne prend un peu d'avance et trottine sur le bas-côté, sans faire mine de traverser la route. Visiblement, elle est bien élevée.

Au fait, elle doit bien connaître quelques ordres ? Sarah se livre à deux ou trois expériences, et conclut que la chienne comprend aux moins deux mots : « Assis ! » et « Couché ! » En tout cas, elle obéit à ces instructions sans hésiter, et Sarah la récompense avec force caresses. Décidément, la preuve est faite : elle devrait pouvoir suivre Sam sans problème.

La chienne a de nouveau quelques mètres d'avance sur elle lorsqu'une voiture surgit au tournant. Sarah sursaute et crie :

— Assise !

La chienne se retourne, perplexe.

En l'absence d'instruction, elle aurait continué son chemin, tout droit, le long du bas-côté. Mais l'ordre la prend de court : faut-il s'asseoir sur place, ou rejoindre Sarah et s'asseoir à ses pieds ?

La chienne fait demi-tour, hésitante. La voilà au beau milieu de la route.

— Ici ! Au pied ! hurle Sarah.

Mais ses cris ne font qu'affoler la bête, qui s'aplatit sur la chaussée et n'avance plus qu'à pas comptés, l'arrière-train au ras du sol. La voiture s'arrête à moins d'un mètre d'elle.

Sarah s'élance, prend la chienne par la peau du cou et la tire vers la berme. Le conducteur ouvre sa vitre et passe la tête au-dehors. Il n'a pas l'air aimable :

— Tu ferais bien de prendre ce chien en laisse si tu tiens à lui !

Sarah ne sait que répondre. Inutile de se lancer dans des explications détaillées. Elle se mord les lèvres, rattache la chienne et repart sans un mot, tandis que l'homme poursuit sa diatribe sur ce fléau que sont les chiens en liberté sur la voie publique.

Sarah est furieuse. Sa chienne n'est pas en faute, pas du tout. Simplement, il va falloir lui apprendre à obéir à distance. C'est une question de dressage, rien d'autre. En attendant, pour les balades avec Sam, il suffira de s'en tenir aux voies non carrossables...

Elle fulmine encore tout bas lorsqu'elle arrive à la ferme. Là, une nouvelle épreuve l'attend. Les chiens. Elle les avait oubliés, mais ils surgissent tous trois, bondissants, suivis des petits frères de Gillian. La chienne commence par tirer sur sa laisse, enthousiaste, puis se ravise. Trois nouveaux amis d'un coup, c'est sans doute un peu trop. La queue entre les pattes, elle se dérobe à leur salut, tourne à gauche, à droite... Sarah se retrouve entortillée dans sa corde.

Gillian survient à la rescousse. Elle enferme deux des chiens dans la grange et ne laisse en liberté que le plus gros, un grand berger grisâtre. La chienne l'invite à jouer, mais après l'avoir dûment flairée il s'éloigne d'un air digne. Aucun intérêt.

Gordon apparaît à son tour, et s'enquiert du nom de la chienne. Quoi ? Pas encore de nom ? Il faut lui en trouver un. A eux tous, ils se creusent la cervelle, expérimentent, appellent la chienne : Sandy ! Dusty ! Honey ! Kim ! Petra ! Elle répond à tous ces noms, et à bien d'autres encore, tant elle est désireuse de leur plaire. Rien à faire pour deviner quel a pu être son vrai nom, *avant*.

— Dans quel puits de mine tu l'as trouvée ? demande Gordon. On pourrait lui donner ce nom-là.

L'idée paraît excellente, d'autant que la plupart des puits portent justement des prénoms féminins — Gertrude, Emily, Jane...

— Elle était dans celle qui est tout en haut des falaises, là où il y a encore des ruines.

— Ah, je vois, dit Gordon. Ma foi, comme nom, ce serait parfait.

— C'est quoi, comme nom ?

— Minières Réunies.

— Oh. Et tu crois que je vais l'appeler comme ça ?

— Tu peux l'appeler Minie, pour faire plus gentil. Minie ! Viens ici, Minie ! (La chienne se précipite vers lui, enthousiaste.) Là, tu vois bien, ça lui plaît ! T'es un bon chien, Minières Réunies !

Gillian vole au secours de son amie.

— Complètement idiot. En plus, moi je croyais que la mine s'appelait Charlotte.

Une longue discussion s'ensuit, et les enfants Opie décident d'aller trouver leur père pour trancher. M. Opie répond qu'ils ont tous deux raisons : la mine s'appelle bien Minières Réunies, mais seulement depuis la fin du siècle dernier ; auparavant, c'était la Mine Charlotte.

Et c'est ainsi que la chienne devient Charlotte Minières Réunies, plus connue sous le nom de Charlotte.

Chapitre 8

A la table de la cuisine, installées en vis-à-vis, les deux filles font leurs devoirs. Chacune marmotte à voix basse, tout à ses propres pensées, et de temps à autre elles échangent une remarque. Le travail de classe, chez les Freeman, n'est pas synonyme de silence. Charlotte a le museau sur les genoux de Sarah.

— Cette pauvre Mme Hocking, rumine Jane. Complètement siphonnée. Nous donner du boulot la dernière semaine du trimestre ! Jamais elle les corrigera, ces exercices !

— Et nous, tu crois que ça vaut mieux ? renchérit Sarah. Une rédac, qu'on nous a donnée. Votre héros favori, en plus !

— Mais ça peut être une héroïne aussi, j'imagine.

— Pour la différence que ça fait !

— Et qui tu vas choisir ?

— Comment veux-tu que je sache ? Il faudrait en avoir un, de héros favori !

— T'as qu'à prendre Sam.

— Non, pas cette fois-ci, rien à faire. Elle a pris la peine de bien le préciser. Elle nous a dit : « Quel que soit le sujet, vous vous débrouillez toujours pour en faire une histoire de cheval ou de poney. Alors, c'est bien entendu : pas de représentant de la gent équine dans vos devoirs cette semaine. »

— Je vois.

— T'as bien eu le même sujet de rédac avec elle, il y a deux ans, non ? Qui tu avais pris, comme héros ?

— Sais plus... Ah si, Scott. Celui de la découverte de l'Antarctique. Remarque, moi, l'Antarctique, ça ne me fait ni chaud ni froid, mais il y avait un article sur Scott dans *Look and Learn*, et je m'en étais largement inspirée. Je crois que j'avais eu un A moins, quelque chose comme ça.

— Pas mal. Quand j'ai des B, je suis bien contente, dit Sarah en caressant la tête de

Charlotte. Je donnerais cher pour être un chien, j'aurais jamais de devoirs à faire.

— J'ai une idée, intervient leur père depuis son fauteuil, où il travaille à ses propres devoirs, la préparation d'un cours. Si tu choisissais Banting et Best ?

— Jamais entendu parler de ces types-là, commente Jane.

— Oh ! mais Sarah connaît. C'est eux qui ont découvert l'insuline.

— Mais je n'ai aucune envie de parler de ça, moi ! se récrie Sarah.

Dix minutes plus tard, faute d'une meilleure idée, elle se met pourtant au travail. Son père lui a rafraîchi la mémoire, et elle consulte Jane, de temps à autre, pour l'orthographe. Au bout de trois quarts d'heure, la rédaction est là, sur le cahier de brouillon, prête à être recopiée.

Mes héros favoris sont deux médecins, les docteurs Banting et Best, parce que sans eux je ne serais sans doute plus en vie. Ils ont découvert l'insuline. Autrefois, les diabétiques étaient condamnés à bref délai. Dans un organisme en bonne santé, un organe nommé le pancréas se charge de produire l'insuline. C'est l'insuline qui permet de convertir le sucre en énergie. Chez les diabétiques, l'insuline n'est pas produite en quantité suffisante. Alors, les sucres s'accumulent dans leur organisme et l'empoisonnent.

En 1921, les docteurs Banting et Best ont découvert ensemble, dans leur laboratoire au Canada, comment obtenir de l'insuline des animaux et comment l'injecter à des diabétiques pour les sauver. Le Dr Banting a été récompensé par le prix Nobel, mais pas le Dr Best. Ce n'est pas très juste.

Sarah vient de relire son œuvre à voix haute. Elle repousse son cahier de brouillon et fait la moue.

— Bof, pas génial.

— Moi je trouve ça très bien, dit Jane.

— Eh ben pas moi, et j'en ai marre des histoires de diabète ! s'exaspère Sarah tout à coup.

D'une main rageuse elle arrache la page et la déchiquète en petits morceaux.

— Maline, va ! s'écrie Jane. Tu aurais sans doute eu un A moins !

— M'en fiche, dit Sarah.

Elle reprend son cahier et griffonne en

hâte une douzaine de lignes sur Marie Curie.

Enfin les vacances de Pâques. Outre les chevauchées quotidiennes en compagnie de Gillian — et de Charlotte qui suit avec zèle, sans jamais se mettre dans les pattes des poneys —, Sarah a un grand projet : elle s'est promis de baigner la chienne. Oh, ce n'est pas que Charlotte soit sale. Au contraire, elle est méticuleuse, et très exigeante sur ce point. Sarah soutient volontiers qu'elle fait sa toilette avec plus de soin que la chatte de Jane, mais malgré tout il lui semble qu'un bain serait une excellente idée. Elle y pense encore ce matin, au breakfast, tout en glissant des douceurs à la chienne assise à ses pieds, sous la table, et qui la regarde d'un air plein d'espoir.

— Je m'en voudrais de chercher la petite bête... commence Jane en sucrant son porridge, à l'autre bout de la table.

— Mais... ? enchaîne Sarah.

— Mais franchement je suis d'avis que tu ne mériterais pas d'avoir un chien. Tu n'es même pas fichue de t'en occuper correctement.

— Comment ça, je ne m'en occupe pas correctement ? s'indigne Sarah.

Venant de Jane, l'insulte est raide.

— Tu veux des exemples ? Eh bien, pour commencer, tu ne devrais pas refiler des friandises à cette bête, comme ça, sous la table. C'est mauvais pour elle, et tu le sais très bien.

— M'en fiche.

— N'empêche, tu vas la rendre obèse.

— Comme toi.

— Et c'est une habitude déplorable. Ne va pas t'imaginer qu'elle t'en estime davantage. Quand elle vient vers toi, tu te figures que c'est parce qu'elle t'aime, mais en réalité c'est parce qu'elle espère une gâterie.

— Oh ! pour ça, c'est pas vers toi qu'elle risque d'aller !

— Je m'en balance, mais tu la gâtes comme pas permis, cette chienne.

— Et alors, si je veux la gâter ? Elle a besoin d'être gâtée.

Sur ce, allongeant le bras, Sarah s'empare de la tranche de bacon restée là pour Jane, et la tend à Charlotte sous la table.

— Chameau ! siffle Jane en essayant de s'emparer du bacon dans l'assiette de Sarah.

Mais Sarah a vu venir le coup. Elle abat

le plat de son couteau sur la main de sa sœur.

— Ouaaaille ! Pas folle, non ? s'égosille Jane.

— C'est ça, va le dire à Môman ! ricane Sarah.

Jane décoche un coup de pied à la chienne sous la table.

— Et toi, hein, couché ! Ouste, dans ton panier !

Pour le coup, Sarah voit rouge. Elle se jette sur sa sœur par-dessus la table pour lui empoigner les cheveux. Une tasse et sa soucoupe payent la manœuvre de leur vie après une seconde de voltige.

— Ouaille ! Lâche-moi ! hurle Jane.

La chienne terrorisée rampe vers son panier. Elle s'arrête à mi-chemin, ne sachant plus où se fourrer. Elle s'aplatit au sol comme si elle espérait se fondre avec le carrelage.

— Regarde ta chienne ! crie Jane. Tu lui fais peur !

Sarah lâche les cheveux de sa sœur et va s'agenouiller près de Charlotte. Jane remet ses cheveux en place et reprend son petit déjeuner.

— Bien ce que je disais ! Tu ne mérites pas d'avoir un chien. Tu la traumatises, cette pauvre bête. Elle sera bonne pour le psychiatre avant longtemps, au train où ça va. Quand je pense que M. Haytor disait qu'elle avait besoin d'un foyer paisible !

— C'est ta faute ! cingle Sarah. C'est toi qui as commencé.

— Regarde-moi ça. Tu l'as terrorisée.

— T'occupe pas, Charlotte, ma belle. Elle est imbuvable, mais t'occupe pas d'elle. Il ne faut surtout, surtout, pas avoir peur.

Le bain attendra un jour plus calme.

— Dans cette famille, se lamente Sarah en brandissant un crayon-feutre, on n'a pas le sens des traditions.

— Sauf celui de la prise de bec, bonne vieille tradition familiale, objecte Jane.

— Oui, mais je veux dire, on ne respecte jamais les traditions du calendrier. Comme les farces du 1er avril, par exemple. Chez nous, c'est un jour comme les autres. Et pour Mardi gras, pareil. Jamais Maman ne fait de crêpes.

A la réflexion, cette absence de crêpes ne doit peut-être rien au hasard.

— Alors que chez Gillian, ils ont des tonnes

de traditions et ils s'y tiennent. Le dimanche de Pâques, ils vont tous sur une plage, y compris les grands-pères et les grand-tantes et les petits cousins, et ils font un pique-nique monstre. La dernière fois, m'a dit Gillian, ils étaient quarante.

— Beuh, dit Jane. Je m'y vois mal.

— Moi je crois quand même que c'est bon d'avoir deux ou trois traditions, conclut Sarah.

Elle tient à bout de bras, pour mieux l'admirer, la carte de Pâques qu'elle est en train de confectionner pour ses parents. Elle a dessiné Charlotte, d'après nature, en rond dans son panier, et elle achève de la colorier.

Jane se penche pour contempler l'œuvre de sa sœur.

— Bon sang, ce que j'aimerais dessiner aussi bien que toi ! On ne peut pas dire que ce soit génial, ce que j'ai fait.

Sa carte déborde de fleurs, de petits lapins, de poussins et d'œufs de Pâques.

— Fais voir ? dit Sarah. Bah, c'est pas si mal. Peut-être que tu y as mis un peu trop de choses...

— Un vrai fouillis, tu veux dire.

On frappe à la porte de la cuisine. C'est

leur mère, qui demande si elle peut entrer. Tandis qu'elle prépare le café, les filles gardent leurs cartes soigneusement cachées sous des feuilles de journal.

— Qu'est-ce que tu vas mettre, dans la tienne ? demande Jane dès qu'elle est repartie.

— Moi ? Euh, sans doute « TRES, TRES, TRES JOYEUSES PAQUES, de la part de Sam, Charlotte et Sarah. » Et toi ?

— « Joyeuses Pâques Pâquomme Les Autres » ou quelque chose dans ce goût-là.

A son réveil, au matin de Pâques, Sarah s'aperçoit qu'une fois de plus elle n'a droit qu'à une portion congrue de lit, la chienne à côté d'elle s'appropriant toute la place. Sa mère a plus ou moins admis la présence de la chienne sur le lit, implicitement du moins, du moment qu'elle ne déborde pas du vieux rideau. Sarah remet Charlotte à sa place attitrée.

Dans la manœuvre, la chienne s'éveille et tend sa patte en offre de paix.

Sarah a remarqué depuis peu que l'un des orteils de Charlotte, à sa patte arrière gauche, est légèrement déformé. Il est plus petit que les autres, et surtout la griffe est plus longue que celle des autres orteils, sans doute faute d'usure contre le sol. De plus, elle se recourbe vers le coussinet de la patte. Si elle continue à pousser, il faudra la raccourcir. Le défaut n'est pas très apparent ; Sarah a mis quelque temps à le découvrir. Mais il signifie sans doute que dans une exposition la chienne n'aurait aucune chance. Sarah s'en moque. Bien au contraire, elle est secrètement ravie que Charlotte ne soit pas tout à fait parfaite.

Après s'être bien étirée, elle se lève et va réveiller Jane, comme promis. A elles deux, elles préparent le thé, et mettent la théière sur un plateau avec quelques biscuits, un bouquet de narcisses du jardin et leurs cartes de Pâques. Le plateau est trop lourd, mieux vaut le porter à deux — ce qu'elles font avec force fous rires, surtout dans l'escalier étroit. Tasses et théière s'entrechoquent en tintant joyeusement, un peu de lait s'échappe du pot à crème. Elles déposent le plateau à la porte de leurs parents pour frapper doucement. Entrez ! répond leur mère. Sarah ouvre, reprend son extrémité de plateau et entre à reculons.

— Oh quelle bonne surprise ! s'écrie leur mère depuis le lit. David, regarde !

— Rhmm ? Quoi ? marmotte leur père d'une voix d'oreiller.

— C'est vraiment gentil, dit leur mère. Regarde, elles nous apportent le thé.

— Et on a fait des cartes, aussi, dit Sarah.

Le couvre-lit s'anime de soubresauts. Apparemment, Mme Freeman décoche à son mari quelques coups de pieds discrets. Il relève la tête enfin, cligne des yeux et s'écrie :

— Oh ! euh, c'est gentil.

Sa tête retombe sur l'oreiller.

— T'es pas obligé de regarder les cartes si t'as pas envie, dit Sarah.

Son père fait un effort surhumain, se redresse sur un coude et regarde les cartes.

— Oh, joli ! Très joli !

— Voyons ce qu'il y a à l'intérieur, dit leur mère. (Elle lit à voix haute.) Vraiment, c'est gentil, les filles. Merci ! David...

— Oui, oh oui, c'est gentil. Merci les filles.

— Sers-lui donc une tasse de thé, Jane ; ça va le réveiller.

— Je vais le faire ! s'écrie Sarah en avançant le bras vers la théière.

Jane tendait la main vers le pot à crème, la collision fait basculer la théière. Un mascaret de thé rejoint le lait au fond du plateau.

— Dis ! Regarde ce que tu m'as fait faire !

— Mais c'est à moi que Maman a dit de servir le thé.

— Puisque j'ai dit que j'allais le faire !

Jane hausse les épaules et laisse sa sœur faire le service.

— Voilà, Papa. Il est de la bonne couleur ? Tu veux un peu plus de lait ? T'es pas obligé de le boire si tu n'en veux pas.

— Si si, j'en veux. Et il est parfait.

Sarah sert une tasse de thé à sa mère, qui pour l'instant s'étire du côté de la ruelle et cherche à tâtons quelque chose près de la descente de lit. Les filles savent ce qui va suivre.

— Allons, est-ce que je vais finir par trouver... Ah ! voilà.

Elle dépose deux paquets sur le lit.

Jane s'empare du paquet à son nom et déchire l'emballage. A l'intérieur, un superbe œuf de Pâques reluit de tout son papier argenté. Jane l'extrait de sa boîte-présentoir, défait le papier d'argent. L'œuf est formé de deux coques jumelles, en chocolat noir, et rempli d'une multitude de chocolats au lait. Jane casse l'une des coques, en offre des morceaux à ses parents, qui refusent.

— Merci, merci, oh merci, dit-elle, en croquant de bon cœur le chocolat sombre et luisant.

Le paquet de Sarah est tout plat.

— Tu n'ouvres pas le tien ? dit sa mère.

Sarah pince les lèvres. Elle ouvre son paquet. Un livre de poche et une pochette de crayons-feutres. Elle ne dit rien.

— Dis donc, des feutres de luxe ! s'écrie Jane. Veinarde, Sarah !

Sarah remet livre et crayons dans leur emballage.

— J'ai cherché vainement un œuf de Pâques en chocolat de régime, dit sa mère sur le ton de l'excuse. Rien à faire pour trouver ça ici.

— Je croyais que tu en trouverais, marmotte Sarah.

— J'ai fait toutes les pharmacies, mais partout on m'a répondu la même chose : on ne trouve ça que dans les grandes villes, et il n'y a pas moyen de commander, pas pour un seul œuf. C'est beaucoup, beaucoup trop cher.

— Pourtant j'ai vu des publicités, dans la revue...

— Mais tu sais bien qu'en plus tu n'y as même pas droit, à ce chocolat pour diabétiques. Cela dit, j'ai fait mon possible.

— Réfléchis, Sarah, intervient Jane. De toute façon, un livre et des feutres, ça coûte bien plus cher qu'un œuf comme le mien.

— Toi, tais-toi !

Et, sans crier gare, Sarah s'empare de la seconde moitié de l'œuf de Sarah, en prélève un gros morceau et se le fourre dans la bouche.

— Maman ! s'égosille Jane. Regarde ce qu'elle fait !

— Sarah ! Non ! C'est un poison pour toi, on ne te l'a donc pas assez dit ?

— M'en fiche.

Elle recommence. La coque de chocolat se brise pour de bon, les morceaux tombent sur le couvre-lit.

— David ! Arrête-la !

Mais Jane a empoigné le bras de sa sœur, elle tente de lui reprendre de force le bout de chocolat qu'elle tient encore.

— C'est pas juste ! C'est mon œuf à moi ! Tu as ton cadeau, dis donc ! Et tu as eu un chien !

La lutte se poursuit, âpre, féroce. Jane fait du bruit pour deux. Sarah s'acharne, dents serrées.

— Bon, maintenant ça suffit ! rugit leur père en s'asseyant dans le lit. Si vraiment vous vouliez nous faire plaisir, avec le thé au lit, les cartes et ce qui s'ensuit...

— Ouaaah ! hurle Sarah de douleur.

Elle vient de recevoir le coude de sa sœur sur la bouche. Ses lèvres se sont écrasées sur les dents. La douleur est cuisante, la colère fait battre le sang à ses tempes.

— Alors là, ma vieille, siffle-t-elle, tu l'auras voulu !

Elle lâche le morceau de chocolat, prend sa sœur par une épaule et lui donne une violente impulsion. Jane bascule, déséquilibrée. Elle tombe, le visage en avant, droit sur l'arête vive du bois de lit.

Elle pousse un hurlement strident, retombe de côté sur la descente de lit et s'affaisse sur le dos. Le hurlement faiblit. En travers du front, de l'œil et de la joue, un trait rectiligne apparaît en rouge, immédiatement noyé sous le sang.

— David ! crie Mme Freeman.

En moins d'une seconde, ils sont hors du lit tous deux, agenouillés près de Jane. Sa mère saisit une boîte de mouchoirs en papier, elle en prend une poignée, tamponne le visage de Jane.

— David. Va chercher de l'eau. Vite.

Leur père écarte Sarah au passage et se précipite dans l'escalier.

— Je l'ai pas fait exprès, chevrote Sarah, atterrée de voir sa sœur si blanche, et tout ce sang qui coule partout.

Mais sa mère n'a pas l'air de l'entendre. Son père revient avec de l'eau, repart chercher de la ouate et des compresses. Pour lui aussi, Sarah semble devenue transparente. Alors, comme elle ne fait qu'encombrer, elle regagne sa chambre et prend la chienne dans ses bras.

Elle entend Jane gémir, son père téléphoner. Elle les entend descendre l'escalier. La voiture démarre et s'éloigne. Plus un bruit.

Ils sont partis.

Je ne voulais pas lui faire mal. Je ne pouvais pas savoir qu'elle allait se cogner contre le bois de lit... Dans la tête de Sarah, il n'y a plus que cette image : sa sœur qui tombe et heurte l'arête vive.

Tout le monde lui en veut, sauf Charlotte.

D'ailleurs, ce n'est même pas ma faute.

C'est la sienne. C'est elle qui a commencé. En plus, elle est tombée de travers. Si elle n'avait pas cherché à faire tout un cinéma, elle serait tombée sur le lit...

Son pouls cogne à ses tempes. Elle regagne la chambre de ses parents. Le lit n'est qu'une jonchée de papier cadeau et de débris de chocolat. Deux tasses de thé à moitié pleines traînent sur la table de lit, la théière et les biscuits baignent dans une mare de thé, sur le plateau posé de guingois à l'angle de la commode. La descente de lit disparaît sous les mouchoirs de papiers gorgés de sang. Le bouquet de narcisses et les cartes de Pâques palpitent au vent du matin, sur le rebord de la fenêtre.

Sarah achève de s'habiller, enfile un anorak et sort, la chienne sur les talons. En ouvrant le portail du jardin, elle se rappelle qu'elle n'a pas eu sa piqûre et rien avalé non plus. Tant pis. Advienne que pourra.

Elle descend dans la vallée. La chienne se faufile et bondit à travers les fougères rousses, les frondes mortes de l'an passé. Elle flaire avec ardeur, à la recherche de pistes qu'elle seule sait déchiffrer, ou tend l'oreille à d'infimes bruits sous les racines. Chaque fois qu'elle a pris quelques mètres

d'avance sur Sarah, elle se retourne pour vérifier si sa maîtresse est toujours là. Lorsqu'elle pointe le museau de cette façon, l'œil brillant, interrogateur, Sarah lui trouve une ressemblance avec sa souris de sucre.

Elles atteignent la grève, la traversent, remontent sur le coteau d'en face. Un

groupe de rochers couronne le sommet. Sarah les escalade en habituée et va s'asseoir sur le plus haut perché. De là, on a une vue plongeante sur les brisants en contrebas. Chaque fois qu'une vague lance un coup de butoir contre la roche, l'écume vole comme si elle cherchait à gravir la falaise. Puis le ressac part à l'assaut de la vague suivante, et de nouveau la collision soulève un panache d'embruns.

Depuis combien de temps est-elle assise ici ? Elle ne sait plus. Des heures peut-être. Ou quelques minutes. Elle a perdu la notion du temps. Deux ou trois voitures vont et viennent sur le parc de stationnement. On dirait des modèles réduits. Assise sur son derrière à côté de sa maîtresse, Charlotte attend patiemment.

Mais Sarah ne voit plus la mer ni les rochers. Elle revoit Jane, balafrée de sang. Jane qui va peut-être perdre son œil. Ou mourir. Sarah ferme les yeux.

Le souvenir lui revient de la famille de Gillian, qui va venir pique-niquer ici même, sur cette petite plage, aujourd'hui. Ils seront une quarantaine. Voilà déjà des générations qu'ils observent cette tradition.

Perchée sur son rocher, Sarah se sent hors du temps, hors la loi, rejetée comme une criminelle. Que va-t-on faire d'elle, à présent ? L'envoyer Dieu sait où ? Lui enlever Charlotte ?

L'une des voitures en modèle réduit semble soudain étrangement familière. Au bout d'une seconde ou deux, Sarah comprend : c'est celle de son père. Il en descend, silhouette minuscule dans un monde lointain.

Il s'avance sur la grève, regarde à droite, à gauche. Il scrute la crête, lève un bras, l'agite. Charlotte et Sarah doivent se découper en ombres chinoises — encore qu'à cette distance il ne puisse sans doute pas les reconnaître de façon certaine.

Il commence à grimper le long du raidillon. Sarah reste où elle est. Par endroits, le sentier disparaît à sa vue. Ailleurs, il est pleinement visible. Elle suit la progression de son père. Lorsqu'il l'a repérée, tout à l'heure, il lui a fait signe. Elle n'a pas répondu.

Après dix minutes il surgit, hors d'haleine, derrière un rocher juste au-dessous d'elle.

— Sarah ? Tu viens ?

Elle ne bouge pas, ne répond pas.

Il cherche des yeux la suite du sentier, mais le sentier s'arrête là. A partir de cet endroit, il faut escalader la roche.

Sa tête réapparaît à moins d'un mètre d'elle.

— Sarah, viens maintenant. Tu n'as même pas encore eu ta piqûre.

Il se hisse sur le rocher à côté d'elle, lui prend la main.

— Allez, viens. Maman se fait un sang d'encre, et elle a bien assez de soucis comme ça.

— Comment... Comment va Jane ?

— Il lui a fallu cinq points de suture.

— Et son œil ?

— Son œil n'a rien, Dieu merci. Il s'en est fallu de peu. (Il la tire par le bras, la remet sur pied en douceur.) Elle s'en tire à bon compte. Viens.

— Je ne voulais pas... (Elle se débat, s'empêtre dans ses contradictions ; elle ne sait plus où elle en est.) J'aurais voulu que ce soit un jour merveilleux. Je voulais que ce soit comme chez les Opie. Et puis voilà...

— Viens, je te dis.

Prudemment, dos contre la roche, ils commencent à descendre. Charlotte bondit, tête la première.

Chapitre 9

Huit jours plus tard, une enveloppe des services de santé arrive avec le courrier : Sarah a rendez-vous avec le psychiatre pour enfants.

— La barbe, et c'est pendant les vacances en plus ! ronchonne Sarah pour qui l'événement jette une grande ombre sur les deux semaines de liberté qui lui restent.

Bien pis, c'est à la fin des vacances. Et pas moyen d'oublier vraiment, d'autant moins que, malgré elle, elle y voit un châtiment : si on l'envoie là, à coup sûr, c'est pour lui faire payer ce qu'elle a fait à Jane.

Pour se changer les idées, elle se consacre tout entière à Charlotte. Sûrement, la chienne est assez en confiance pour accepter ce fameux bain reporté de jour en jour ? En tout cas, visiblement, elle n'essaie plus comme au début de se fondre avec le décor, et lorsque Mme Freeman lui fait évacuer le séjour elle rejoint son panier dignement, en attendant de voir Sarah réapparaître. En fait, elle suit Sarah partout, et guette ses moindres déplacements. Rien ne lui plaît tant, à l'évidence, que les promenades — longues ou courtes. Elle n'a jamais l'air fatiguée bien qu'elle décrive tant de boucles, d'allées et venues, de détours qu'elle parcourt sans doute au moins le triple de ce que Sarah parcourt avec son poney. Mais elle reste toujours en vue, et revient, bondissante, dès qu'elle s'estime trop loin de Sarah.

Sa curiosité suraiguë l'entraîne le long de pistes invisibles, le nez dans les fougères ou sous les racines de bruyère. Dans le feu de l'action, le mouvement de sa queue s'accélère jusqu'au moulinet complet. Mais elle n'attrape jamais rien. Pour commencer, elle est trop lente. Mais surtout, à la grande surprise de Sarah, elle se sert à peine de sa vue. Un jour qu'elle s'excitait, truffe au sol, sur quelque piste toute fraîche, Sarah a vu un lapin se faufiler dans les fourrés à quelques mètres d'elles, à peine. Si la chienne avait levé le nez, au lieu de s'obstiner à fouir, elle aussi aurait repéré ce lapin dont l'odeur la mettait en transe. C'est parfois bien nigaud, un chien.

Aujourd'hui, Jane n'est pas à la maison. Sarah décide de passer à l'action : l'heure est venue de baigner Charlotte.

Elle commence par remplir d'eau chaude la vieille baignoire de plastique qui a dû les voir bébés toutes deux, sa sœur et elle, et qui coule une retraite heureuse au fond de la buanderie. Le problème, c'est de la transporter pleine. Du robinet à la pelouse, il y a loin. Avant même de commencer à baigner la chienne, Sarah est toute trempée par-devant, quasiment de la tête aux pieds.

La chienne suit l'opération d'un air vivement intéressé, jusqu'au moment où Sarah prétend la faire entrer dans ce récipient. Là, elle est prise de soupçons, et Sarah a toutes les peines du monde à la traîner jusqu'à la baignoire. L'y faire entrer se révèle encore beaucoup plus compliqué. Au premier essai, après avoir planté les quatre pattes dans le sol, la chienne finit par s'élancer — et passer par-dessus la baignoire. Sarah perd l'équilibre et se retrouve assise par terre.

— Non, Charlotte ! dit-elle d'un ton sévère.

Cette fois, au lieu d'aborder la baignoire de front, elle y amène la chienne de biais. Charlotte entre enfin dans l'eau.

— Assise ! dit Sarah.

La chienne reste debout et ne fait plus un mouvement. Alors Sarah prend sa casserole et la douche avec soin. Puis elle la savonne au savon noir. La chienne disparaît sous la mousse ; Sarah aussi, ou presque.

Charlotte est une vivante image du désespoir. Tête basse, queue escamotée, elle n'arrête pas de lever une patte de devant, tout à l'obsession de s'arracher à ce cauchemar. Mais Sarah lui dit « Non, tu restes ! » et elle reste.

Sarah reprend sa casserole et passe au rinçage. L'eau mousseuse coule le long du pelage, qui se plaque aux flancs de la chienne. Qu'elle est maigre, sous sa robe trempée ! Ses côtes saillent de façon pathétique, ses flancs s'incurvent. On dirait une publicité de la RSCPA en faveur des animaux maltraités.

Sarah réfléchit. Elle n'y comprend rien. Depuis trois semaines que Charlotte est ici, grassement nourrie, gavée de douceurs, elle aurait dû se remplumer. Rien à faire : elle est toujours aussi maigre.

Tout à coup, sans prévenir, toujours debout dans la baignoire, la chienne s'ébroue avec conviction. Aspergée, Sarah recule. La chienne en profite pour sortir d'un bond et renverser le récipient dans la foulée. Elle s'ébroue de nouveau dans une gerbe de gouttelettes.

Sarah l'entraîne un peu plus loin sur la pelouse, et entreprend de la bouchonner avec une vieille serviette éponge. Charlotte se laisse faire, très digne, secouée de violents tremblements. Pour achever de la réchauffer, Sarah l'entraîne dans une partie de course poursuite, et la chienne s'en donne à cœur joie, n'interrompant le jeu que pour s'ébrouer encore. Mais l'opération ne semble plus guère projeter d'eau alentour.

De retour à l'intérieur, elles trouvent la chatte près du poêle, sur son tapis attitré. Sarah la prend d'autorité pour la déposer plus loin.

— Et zou, Miss Moppet, tu nous prêtes ta place un instant !

Une chance que Jane ne soit pas là.

La chienne encore frissonnante se pelotonne tout contre le poêle, le nez sur le carrelage, contre ses pattes de devant. De chaque côté de son museau, ses bajoues posées sur le sol lui donnent des allures de spatule.

Sarah la frictionne une dernière fois. Sa pelisse toute propre est splendide : crème avec des reflets pêche. Elle est si belle que brusquement Sarah sent sa gorge se nouer.

Plus tard, elle rejoint son père dans son studio. Elle s'assied près de la fenêtre et le regarde peindre. En fait, il réfléchit plus qu'il ne peint. Assis non loin de son chevalet, il fixe sa toile en silence, longuement, sans bouger. De loin en loin, il se lève soudain, prend un pinceau, modifie un détail infime — après quoi, regagnant son siège, il se plonge à nouveau dans sa méditation. Il a plusieurs toiles en cours, qu'il retouche ainsi sans trêve. Apparemment, il n'entreprend jamais rien de nouveau.

Sarah le soupçonne d'avoir là surtout un prétexte pour s'isoler un peu de sa maisonnée de femmes.

Presque tous ses tableaux représentent des jardins. A première vue, on les dirait abstraits, puis à mieux regarder on découvre qu'en fait de paysages il peint plutôt des plans, des assemblages subtils d'allées, de bassins, de pelouses, traités à la façon de mosaïques. On n'y voit jamais âme qui vive.

— Tu devrais mettre des personnages, dans tes tableaux, conseille Sarah.

Elle serait en peine de dire si les tableaux de son père lui plaisent ou non, mais elle leur reconnaît du caractère.

— Ou si tu préfères, mets-y un chien. Tiens, tu devrais mettre Charlotte par ici, dans cet espace...

— Je suis moins doué que toi pour représenter les chiens.

— Dans ce cas, donne, je vais t'en faire un.

Joignant le geste à la parole, Sarah s'approche du chevalet et prend un pinceau. Son père bondit, affolé.

— Non, s'il te plaît ! Sarah !

— C'était pour rire, dit Sarah vexée.

— Cette zone-ci, tu vois, je l'aime bien comme elle est, avec cette espèce de tache terre de Sienne. C'est plutôt ce coin-là qui me chagrine. Là, oui, si tu veux, tu peux me dessiner un chien.

Sarah esquisse Charlotte, couchée en rond, museau dans les pattes.

— Voilà... Regarde, c'est tout de suite plus vivant, non ? Moi je trouve qu'on a davantage envie de regarder.

— Mmoui, dit son père sceptique.

Et Sarah sait d'avance qu'il va changer ce chien en arbuste, ou en rocher, quelque chose dans ce genre. Il n'y a jamais d'êtres vivants dans ses tableaux. Même ses arbres ont quelque chose de mort.

Sarah regagne la fenêtre et dit d'un air absent :

— Il va falloir que j'aille voir le psychiatre pour enfants.

— Je sais.

— J'ai pas envie d'y aller.

— Bah. Il n'y a pas de quoi fouetter un chat, tu sais.

— Mais c'est pas juste ! se rebiffe Sarah en s'en prenant à la moquette qui n'en peut mais. Pourquoi moi ? Pourquoi toujours moi ?

Son père hausse les épaules.

— Pourquoi y a-t-il des gens petits et d'autres grands ? On est comme on est.

— Qu'est-ce que j'ai fait pour être diabétique ?

— Qu'est-ce que tu as fait pour être jolie ?

Elle se tait un instant, désarçonnée.

— Parce que tu trouves que je suis jolie, toi ?

— Oui.

— Tu dis ça comme ça. Pour me consoler.

— Absolument pas.

Sarah réfléchit. Comment s'assurer qu'il dit vrai ? Elle hésite.

— Tu me trouves plus jolie que Jane, par exemple ?

Elle a posé la question sans y croire. Ses parents se refusent à ce genre de comparaisons. Aux questions de ce style, ils donnent des réponses évasives, du type « Les cheveux de Jane conviennent à son visage, et tes cheveux au tien. »

Mais son père répond simplement :

— Oui.

— Je ne savais pas, bredouille Sarah, prise au dépourvu et soudain tout humble.

— Et va savoir où tu as pris ça. C'est comme pour le diabète, mystère. C'est ton lot. Voilà tout. Tu es comme tu es.

— Et c'est ce qu'on est qui compte le plus, dis, Papa ?

Son père regagne le chevalet, et commence à changer le chien en autre chose.

Ses parents l'accompagnent tous deux à la clinique. C'est un grand bâtiment moderne et derrière ses immenses baies vitrées la salle d'attente tourne à l'étuve. Les salles d'attente, Sarah connaît, elle en a une longue expérience, mais celle-ci lui semble de loin la plus lumineuse de toutes. Non pas seulement à cause du soleil qui entre à flots par les baies vitrées, mais surtout grâce aux dessins d'enfants qui tapissent les grands murs clairs.

Ils s'assoient tous trois en silence — ses parents ont droit à des fauteuils. Peu à peu, sans se concerter, ils se défont de leurs manteaux, écharpes et autres accessoires, à mesure que le soleil monte et transforme la pièce en serre. Le père de Sarah est le seul homme présent. Il y a trois ou quatre mères et leurs rejetons respectifs.

La table basse est couverte de jouets et d'illustrés divers. Deux gamins assis par terre bâtissent une ville futuriste.

Mme Freeman souffle à Sarah de se prendre une lecture, mais Sarah décide qu'il n'y a là que des revues pour bébés.

Assise bien droite sur sa chaise, elle se contente de regarder et d'écouter.

Tiens ! elle n'est pas la plus âgée des enfants, finalement. Non loin d'elle, sur une chaise voisine, une adolescente fixe le vague sans mot dire. Elle doit avoir environ quinze ans. Ses yeux sont lourdement maquillés. Sa mère ne tarde pas à engager la conversation avec Mme Freeman. Sarah ne saisit au vol que quelques bribes de l'échange, mais il semble qu'il soit question de la fille au regard fixe, qui a dû faire une fugue ou plusieurs. L'adolescente ouvre son sac, en tire une cigarette et l'allume. Sarah guette la réaction des adultes, mais non, personne ne dit rien.

Sarah tourne son attention vers une autre fille, celle qui joue sur le tapis et rit sans cesse aux éclats. A première vue, Sarah lui donnait huit ans, d'abord parce qu'elle est vêtue en gamine, mais à la réflexion elle a sans doute bien plus. Quelque chose dans son allure suggère qu'en réalité elle a au moins l'âge de Sarah...

On vient chercher Sarah pour des tests. L'homme qui les lui fait passer a tout d'un instituteur. Il déclare à Sarah qu'elle est loin d'être sotte, mais elle ne sait trop qu'en penser : en classe, elle a de plus en plus de mal à suivre.

A son retour dans la salle d'attente, ses parents sont toujours là. La fille aux yeux charbonneux a cédé la place à un garçon bouffi qui n'arrête pas de se tirailler la lèvre inférieure.

Enfin le médecin apparaît. Il veut parler d'abord à M. et Mme Freeman. Il donne à Sarah des crayons de couleur et du papier, et lui demande de lui faire un dessin. Il adore les dessins, dit-il, il n'en a jamais trop. Tout en parlant, il désigne les œuvres qui ornent les murs de la pièce. Il introduit les parents de Sarah dans son cabinet et referme la porte.

Sarah s'assied à la table. Que dessiner ? Elle n'aime pas les crayons de couleur, le résultat est toujours trop fade. Elle préfère de très loin les feutres. Des voix lui parviennent de la pièce voisine, mais elle n'en glane que des échos, pas même des mots. Elle se demande ce que ses parents disent au médecin. Ils parlent d'elle, sans l'ombre d'un doute. Ils lui expliquent comment elle s'est jetée sur Jane, si violemment qu'il lui a fallu cinq points de suture. Elle ne l'a pas fait exprès, pourtant ; elle n'y est pour rien.

Machinalement, elle dessine une jambe, et plante une grosse seringue dans la cuisse. Au crayon rouge, elle ajoute du sang : d'énormes gouttes qui perlent sous l'aiguille et forment une mare au sol. Elle garnit le restant de la feuille de seringues aux aiguilles démesurées, pointées dans toutes les directions.

A son tour de voir le médecin. Ses parents sortent du cabinet et lui adressent un sourire au passage. Elle entre avec son dessin.

Le médecin et elle commencent par en discuter. Le médecin a une voix très douce. Il demande à Sarah si elle a fait ce dessin parce qu'elle pensait que c'était ce qu'il attendait d'elle. Elle répond que non, elle dessine souvent des seringues, son cahier de brouillon en est plein. Il lui demande s'il lui arrive tout de même de dessiner autre chose, et Sarah répond qu'elle a un autre thème favori, sa chienne Charlotte. Ils parlent de Charlotte un moment, puis le médecin fait dévier la conversation sur Jane. Aussitôt Sarah devient muette.

— Bien, conclut-il, ça te dirait de venir me faire un dessin, ici, toutes les semaines ? Le jeudi matin, par exemple. Tu peux quitter la classe quand tu veux et venir comme ça t'arrange — je m'occuperai de tout. C'est d'accord ?

— Si vous voulez, dit Sarah.

— Merveilleux ! En ce cas, je t'attends.

Sarah rejoint ses parents et tous trois vont déjeuner dans un restaurant chinois.

— Je l'ai trouvé gentil, moi, ce Dr Bender, déclare Mme Freeman. Pas toi, Sarah ?

— Pas mal, dit Sarah prudemment, en se concentrant sur le maniement de ses baguettes.

Chapitre 10

Tout en baignant Charlotte, Sarah s'est promis de raccourcir cette griffe trop longue sur l'orteil déformé de la chienne. Les autres ongles se maintiennent d'eux-mêmes à une longueur acceptable ; l'usure les raccourcit naturellement. Mais celui-ci ne touche jamais le sol, il continue de pousser et commence à faire pression sur le coussinet. Il faut intervenir. Sarah l'aurait volontiers fait juste après le bain, l'autre jour, mais la chienne avait vraiment l'air d'avoir eu son compte d'émotions pour la journée.

Sarah réexamine la patte. Charlotte se laisse faire béatement ; sans doute une caresse d'un nouveau genre. Sarah réfléchit. Quel instrument utiliser ? Des ciseaux devraient pouvoir convenir, à condition qu'ils soient assez fins, et surtout bien aiguisés : la griffe est dure et épaisse, on dirait un petit bout de bois. Sarah va chercher discrètement les ciseaux de couturière de sa mère et, sans les laisser voir à la chienne, revient s'asseoir derrière elle. Elle prend la patte fautive d'une main ferme. La chienne se met à trembler, mais ne fait pas mine de se lever. Elle a beau être inquiète, elle s'en remet aveuglément à Sarah.

Le spasme qui agite la patte ne facilite pas l'opération. Enfin Sarah parvient à glisser une lame de ciseaux sous la griffe incurvée. Elle presse. Très fort. Les ciseaux n'entament même pas la corne. Sarah redouble d'effort, mais l'ongle est beaucoup trop dur. Elle retire doucement les ciseaux.

Aussitôt, délivrée, Charlotte fait volte-face pour lui présenter son museau. Elle agite la queue, lèche les mains de Sarah. Sarah la rassure ; tout va bien.

Les ciseaux n'étant d'aucun secours, il faut trouver autre chose. Un sécateur, peut-être ? Sarah va chercher celui de son père au garage. Il devrait faire l'affaire, mais qu'il a donc l'air mauvais ! Sarah fait sauter le cran d'arrêt, et l'outil s'ouvre d'une secousse. L'une des lames est épaisse et plate ; l'autre, acérée, vient glisser dessus. Sarah manie l'instrument, perplexe. Mouais. Pas très adapté à la tâche. Elle décide tout de même d'essayer.

Elle répète la manœuvre précédente. La plus fine des lames se glisse sous la griffe. De biais seulement, au regret de Sarah, mais si l'opération réussit une portion suffisante de l'ongle devrait sauter. Charlotte tremble. Il faut faire vite. Sarah hésite. Et si elle blesse sa chienne ? Comment savoir si un chien n'a pas de nerfs dans ses griffes ? Non, non, sottises, c'est comme les ongles des humains, à peu près sûrement. Sarah se met à trembler à son tour. Charlotte essaie de retirer sa patte. Sarah ferme les yeux, et presse de toutes ses forces sur la poignée à ressort du sécateur.

Click ! Le bout de griffe saute dans le panier de la chienne.

Charlotte n'a pas bronché ; elle n'a rien dû sentir. Mais en refermant la poignée Sarah s'est pris la pulpe du doigt dans le ressort. Le sang jaillit, pourtant elle ne sent rien.

Elle récupère le bout de griffe et va le mettre dans sa chambre, avec sa collection de reliques : deux ou trois dents de lait, ses amygdales conservées dans le formol, un fragment d'humérus en provenance de son bras gauche, vestige d'une opération à la suite d'une mauvaise fracture.

— As-tu un petit copain ? demande le Dr Bender.
— Non.
— Pourquoi ?
— J'ai seulement douze ans.
— Et ta sœur, elle en a un ?
— Non.
— Et pourquoi, à ton avis ?
— Je vois mal qui voudrait d'elle !

Assise au bureau du médecin, Sarah dessine Charlotte, tandis qu'il prend ses aises dans son fauteuil. Elle représente la chienne dans la posture qu'elle préfère : en rond, pelotonnée, avec les yeux qui font deux points noirs dans ce cercle clair.

Elle regrette cette manie qu'il a de faire dévier la conversation sur Jane. Il n'arrête pas de demander à quoi elle ressemble, ce qu'elle fait, ce qu'en pense Sarah et pourquoi. Sarah n'a pas envie de parler de sa sœur.

Alors, il lui parle de diabète. Il sait des tas de choses sur le diabète. Pas seulement

sur la maladie, mais sur la vie que mènent les diabétiques. D'après lui, c'est parce que sa sœur est diabétique. Tous les autres médecins qu'a vus Sarah n'y connaissent rien à rien. Celui qu'elle voit au cabinet médical ne sait que dire : Parfait, tout va bien. Continue le même traitement ! Mais Sarah sait mieux que personne que tout ne va pas si bien que ça ; elle le sait de l'intérieur.

Ensemble, le Dr Bender et elle discutent

des piqûres, et Sarah confie qu'elle trouve toujours pénible de se les faire. Le médecin dit que sa sœur utilise un dispositif qui facilite l'opération. C'est une sorte de cylindre métallique qui coiffe l'extrémité de la seringue. Il présente le double avantage de tendre la peau et de masquer l'aiguille, puisqu'elle est à l'intérieur. Pas besoin non plus de se préoccuper de la profondeur de la piqûre, elle se règle d'elle-même, il suffit d'enfoncer. Le système paraît astucieux. Sarah s'étonne un peu qu'on ne lui en ait jamais parlé.

Le Dr Bender évoque aussi les seringues en plastique avec aiguilles jetables. Elles reviennent un peu plus cher, d'après lui, parce qu'elles ne sont pas fournies par le service de santé national, mais si ses parents acceptaient cette dépense supplémentaire, Sarah apprécierait sans doute la différence : le secret d'une injection indolore, c'est d'abord une aiguille à la pointe impeccable, et ces aiguilles jetables éliminent le risque de pointes émoussées.

Surtout, il insiste là-dessus, il faut qu'elle apprenne à bien se connaître, et à interpréter le moindre symptôme. Si elle se sent déprimée, c'est que le taux de sucre dans son sang a baissé dangereusement, il faut qu'elle s'alimente au plus vite. Si elle se sent agressive, c'est que ce taux est trop élevé. Le mieux, en pareil cas, est d'aller faire une petite promenade ou de s'isoler dans sa chambre, afin d'éviter les affrontements.

L'idéal, bien sûr, serait de conserver un équilibre, mais il sait combien c'est difficile, surtout à l'âge de Sarah, où le corps est en transformation permanente.

— Et Jane ? demande-t-il soudain. Qu'allons-nous faire pour elle ?

La réponse de Sarah est toute prête :

— Si vous voulez faire quelque chose pour elle, vous n'avez qu'à la voir elle aussi.

— Bonne idée, dit le médecin. Tu sais, je me dis qu'en fait c'est elle que je devrais voir, plutôt que toi.

Sarah ne sait qu'en penser. Elle achève de dessiner Charlotte, et tend le résultat au médecin.

— Oh, superbe ! s'écrie-t-il. Je peux le mettre au mur ? Ici, tiens, je le verrais bien. Ce n'est pas souvent qu'on m'en donne d'aussi beaux...

— Jane, le Dr Bender veut te voir, annonce Sarah à sa sœur.

— Ouais, eh ben, il repassera, dit Jane.

La cicatrice qui barre son front et sa joue a encore quelque chose d'agressif, mais le Dr Bodinnick assure qu'elle disparaîtra tout à fait. Jane n'est pas marquée pour la vie.

— N'empêche qu'il dit qu'à son avis c'est toi qu'il devrait voir, et pas moi.

— Oh ! eh, ça va ! C'est pas moi qui suis malade, dis !

— A son avis, tu l'es plus que moi.

— Les filles, ça suffit, tranche Mme Freeman. Personne n'est malade ici. Que je vous entende parler de cette façon !

— A la réflexion... reprend Jane, songeuse. Ce ne serait peut-être pas une mauvaise idée ! Excellente excuse pour manquer les cours de maths, quand j'y pense. Vous voudrez bien m'excuser, il faut que je m'en aille, j'ai rendez-vous avec mon psychiatre !

— Triple idiote, commente Sarah qui se sent visée.

— Les filles, qu'est-ce que j'ai dit ? rappelle Mme Freeman. C'est tout de même un peu raide : c'est toujours au moment de passer à table que vous commencez !

— Je n'ai rien commencé du tout ! s'indigne Jane.

— Attends un peu, poursuit Sarah. Je parie qu'il va écrire à Maman pour lui dire qu'il veut te voir.

— Si tu crois que j'irai !

— Tu seras bien obligée...

La querelle se poursuit, interminable, mais uniquement verbale. Depuis l'accident, les deux sœurs ont tendance à garder leurs distances, à la façon d'animaux qui se méfient l'un de l'autre.

Aucun des camarades de Sarah, pas même Gillian, ne sait où elle se rend le jeudi. Elle a vaguement laissé entendre qu'elle avait rendez-vous chez le dentiste. Hormis ce détail gênant, c'est plutôt un plaisir de s'éclipser tranquillement dès la fin de la première heure de cours — avec une avance confortable, mais pourquoi ne pas profiter de l'aubaine ? Elle traverse la bourgade sans hâte en direction de la clinique, et pour parfaire l'agrément elle s'offre un petit extra : à la confiserie du coin, elle s'achète une barre de Mars. De toutes les sucreries interdites, ce sont les Mars qui la tentent le plus. La seule pensée du fourrage poisseux, hypersucré, sous son enrobage de chocolat lui met l'eau à la bouche. Elle en souffre presque d'un état de manque, comme un drogué. Oh, le plaisir sans nom de défaire l'emballage et de planter les dents à même le chocolat ! La première bouchée est volupté pure.

Sa friandise en main, Sarah repart à pas lents. Les deux ou trois bouchées suivantes sont encore bonnes, mais déjà moins. Et avant d'arriver aux dernières le sentiment de culpabilité a déjà tout gâché. Pour les avaler, elle doit presque se forcer. Elle en a le cœur qui lève et pourtant... comment résister ?

Elle se débarrasse du papier à l'entrée de la clinique. En général, elle fait son dessin en patientant dans la salle d'attente. En présence du médecin, elle se contente de bavarder. Une fois ou deux, l'idée lui est venue de lui parler des barres de Mars, mais elle s'est ravisée.

Un jeudi, comme elle quitte le collège en compagnie d'une élève plus âgée qui a rendez-vous chez le dentiste, la surveillante générale les rattrape dans la rue :

— Et où allez-vous comme ça, vous deux ?

Elles répondent qu'elles ont chacune un rendez-vous en bonne et due forme.

— Vous avez montré vos cartes au bureau, au moins ?

Sharon a montré sa carte, mais Sarah n'en a pas.

— Mme Bartholomew est au courant, pas de problème. D'ailleurs ça fait déjà plusieurs fois que j'y vais...

Mme Hawkins a l'air sceptique. Elle les regarde s'éloigner, l'air pincé, et rappelle aussitôt :

— Sarah ! Reviens par ici, je te prie.

Sarah revient sur ses pas.

— Qu'est-ce que tu portes là au poignet ?

— Un bracelet.

— Tu connais le règlement. Pas de bijoux dans l'établissement. Enlève-moi ça.

— Mais je suis obligée de le porter.

— Et pour quelle raison ?

— Pour le cas où je tomberais dans le coma. Il y a écrit dessus : JE SUIS DIABETIQUE.

La surveillante les congédie d'un geste du menton. Son regard d'aigle les escorte jusqu'au coin de la rue. Passé le tournant, elles éclatent de rire et se délectent de l'incident.

— Pauvre vieille chouette, hoquette Sharon,

j'ai vu le moment où elle allait tomber raide !

— Je m'en voudrais de jouer les trouble-fête, commence Jane au souper ce soir-là, mais...

— Mais quoi ? demande Mme Freeman. Tourne bien ta langue sept fois dans ta bouche avant de parler.

— Oh, c'est fait. Plutôt huit fois que sept. Mais je crois qu'il faut que tu saches, Maman.

— Qu'elle sache quoi ? s'enquiert Sarah prise de soupçons.

— Voilà. Dans ma classe, il y a une fille qui s'appelle Sharon...

— Bof, tu parles ! coupe Sarah. Pas de quoi faire un plat ! On est sorties ensemble, ce matin — elle, elle allait chez le dentiste — et voilà Mme Hawkins qui se ramène en criant parce qu'elle croyait qu'on séchait les cours. Et après ça, quand elle a su qu'on avait l'autorisation, elle a encore essayé de m'épingler à cause de mon bracelet. Quand je lui ai dit qu'il fallait que je le porte, elle a manqué de faire une crise...

— Oui, seulement moi, dit Jane, c'est d'autre chose que je voulais parler...

— De quoi donc ? demande leur mère.

Sarah comprend. Elle lance : « Tu vas te t... » mais sa sœur poursuit, imperturbable :

— ... Sharon m'a dit que Sarah s'est acheté une friandise au chocolat et qu'elle l'a mangée en chemin.

— Oh ! alors là !

— C'est vrai, Sarah ?

— Non !

— En tout cas, c'est que m'a dit Sharon et j'ai pensé qu'il valait mieux t'en informer.

— Et puis d'abord, ça te regarde, peut-être ? Il faut toujours que tu mettes ton nez dans mes affaires ! Occupe-toi de tes oignons à la fin !

— Tu aurais pu me le dire seule à seule, Jane, objecte Mme Freeman. Simple question de tact.

Jane s'en étrangle d'indignation.

— Ah oui ? Et si je te l'avais dit dans son dos, tu m'aurais fait remarquer que tu n'aimes pas qu'on rapporte ! Je ne vois vraiment pas...

— Non, tu as raison de m'en informer, tu fais bien — mais tout est dans la manière.

— Oh ! bon, ça va ! Je ne dirai plus rien ! Pour ce que j'ai à y gagner ! Qu'est-ce que ça peut bien me faire, après tout ? Qu'elle s'empiffre de chocolat toute la sainte journée, moi, je m'en balance !

— Ce n'est pas très malin de ta part, Sarah.

— Pourquoi tu la crois ? Tout ce qu'elle cherche à faire, c'est à m'attirer des ennuis.

— Elle ne l'a quand même pas inventé, si ?

— Tu la connais pas ! Elle me déteste !

— Mais tu as bel et bien mangé ce chocolat, dis-moi ?

— Non !

— Et combien de fois l'as-tu fait ? Voilà ce que je veux savoir.

— Moi ? J'ai jamais mangé de chocolat.

— Pour être précis, c'était un *Mars*, intervient Jane.

— Jamais mangé de *Mars*, c'est toi qui l'inventes ! Oh ! je te tuerais...

— Combien de fois en as-tu mangé ?

— Pourquoi tu ne veux même pas me croire ?

— En as-tu mangé tous les jours ?

— Non !

Mme Freeman gagne la porte et lance en direction de l'escalier :

— David ? A table ! On t'attend !

M. Freeman descend. Sa femme désigne Sarah du geste.

— Ta fille se bourre de friandises au chocolat. Pourtant c'est un poison, pour elle !

— Oh ! c'est vrai ? Sarah ! se récrie son père.

— Tu ne te rends donc pas compte du mal que tu te fais ?

— M'en fiche.

— Je le vois bien. Mais le problème, imagine-toi, c'est que tu ne te fais pas seulement du mal à toi. Nous aussi, nous en souffrons, je te ferai remarquer. C'est nous qui devons te supporter quand tu es d'humeur massacrante — et quand tu es malade, qui plus est. Ma fille, je t'emmène chez le Dr Bodinnick dès demain, et je lui dirai comment tu te comportes ! Et je lui dirai d'interrompre ces séances de psychothérapie à la clinique, puisque c'est l'occasion pour toi de n'en faire qu'à ta tête, autrement dit des bêtises. Je vais téléphoner à Mme Bartholomew pour la prévenir que tu n'es plus autorisée à sortir du collège, et je vais être obligée aussi de contrôler ton argent de poche. On essaie d'être gentil avec toi, de te laisser un peu responsable, et voilà le résultat. Ce dont tu as besoin, c'est de fermeté. Eh bien, tu en auras, j'y veillerai !

Le Dr Bodinnick s'indigne avec application.

— Te rends-tu comptes seulement, jeune fille, de tout le mal que tu te fais en absorbant des sucreries ?

Silence. Il attend une réponse.

— Oui, murmure Sarah.

— Le résultat, c'est que le sucre s'accumule dans tes reins. Et ça ne se remplace pas, des reins. Des reins en mauvais état, c'est irrémédiable. Le comprends-tu ?

— Oui.

— Et ne va pas croire qu'il faut des lustres pour s'abîmer les reins. En l'espace de dix ans, c'est terminé. Sans compter qu'avant les ennuis rénaux, ce sont tes yeux qui risquent de souffrir. Un excès de sucre, et c'est la cécité avant l'âge de vingt ans, si l'on n'y prend garde. Mets-toi bien ça en tête, garde-le présent à l'esprit. En t'accordant des douceurs, tu risques de te rendre aveugle.

— M'est bien égal, gronde Sarah.

— Je n'en crois rien, contredit le médecin. Et il est grand temps de te prendre en charge. Rien d'étonnant à ce que ta mère se ronge les sangs, si tu t'achètes des sucreries en cachette. Il faut que ça cesse. Immédiatement. C'est bien compris ?

Le verdict est prononcé, plus modéré que prévu : Sarah continuera d'aller voir le Dr Bender, mais elle n'aura désormais plus le droit de porter d'argent sur elle. C'est Jane qui se chargera de payer la cantine pour sa sœur. Sarah est outrée. On la traite en criminelle. Elle ne supporte pas l'idée de voir sa sœur, chaque lundi, entrer dans sa classe au vu et au su de tous pour payer la cantine à sa place. Comme si elle avait quatre ans ! Les autres auront tôt fait d'en déduire qu'elle n'est pas digne de confiance. Son honneur est en jeu.

Alors, Sarah décrète qu'elle ne mangera plus à la cantine. D'abord, on ne lui sert que des aliments interdits, de toute façon. Les serveuses lui disent que si tout le monde était comme elle, il n'y aurait plus moyen de s'en sortir, que c'est une complication de lui fournir un dessert à part. Elle est censée avoir un fruit, mais en fait de fruit, neuf fois sur dix, on lui donne des fruits au sirop, et si elle se permet une remarque on lui répond : « Ben quoi ? C'est des fruits, non ? »

Le plaidoyer produit son effet. Dès le lundi suivant, Sarah emporte en classe son petit casse-croûte personnel. Ouf ! L'humiliation lui sera épargnée de voir confier à sa sœur le soin de payer la cantine pour elle.

Le jeudi suivant, comme à l'ordinaire, elle quitte la classe après la première heure pour son rendez-vous avec le Dr Bender. Au vestiaire, un malin hasard veut qu'un sac pendu à une patère, juste à côté de son blouson, laisse entrevoir l'angle coloré d'une barre de chocolat tentatrice. Sarah sent ses jambes défaillir. C'est plus qu'une envie, plus que de la simple convoitise : un besoin violent, impérieux. Elle jette un regard circulaire. Personne. Elle est seule. Ses yeux reviennent d'eux-mêmes sur l'emballage bariolé.

Elle s'arrache à la tentation avec un effort douloureux. Elle n'accorde même pas un regard à la vitrine du confiseur en passant. A la clinique, avec frénésie, elle dessine une scène de goûter d'anniversaire, avec une table couverte de sucreries, de gâteaux, d'œufs de Pâques et de souris de sucre.

Cette fois, elle confie au docteur sa fringale de chocolat.

— Ce n'est pas seulement une envie, explique-t-elle. Le pire, c'est que j'ai l'impression d'en avoir besoin.

— Oui, mais c'est un cercle vicieux, dit le Dr Bender. C'est justement l'excès de sucre qui crée cette envie de sucre. Dur dur, je veux bien te croire. Pourtant, il faut se battre contre cette tentation. Tu sais ce qui se passe, si tu cèdes ?

— Oh oui. On me l'a dit. Plutôt deux fois qu'une !

Les jours allongent. Tous les soirs, désormais, Sarah s'offre le luxe d'une balade avec Sam, Charlotte dans leur sillage. Jane ronchonne qu'à l'âge de sa sœur elle avait bien trop de travail, qu'il n'était pas question pour elle d'aller flâner comme ça au milieu du troisième trimestre. Le fait est que pour sa part elle passe le plus clair de ses soirées à étudier, mais Sarah ne l'entend pas de cette oreille...

Tout en longeant les grèves, nez au vent, entre la mer ourlée d'écume et la muraille des falaises, elle réfléchit.

Ce qu'il y a d'étrange, à son avis, dans sa situation, c'est que chacun a son idée sur ce qui ne va pas chez elle, et qu'au fond personne n'aboutit à la même conclusion.

Pour le Dr Bodinnick, tout est affaire de régime et de dosage d'insuline. Pour sa mère, ses « problèmes » seraient plutôt d'origine scolaire. Quant au Dr Bender, il ramène tout à sa rivalité avec Jane. En fait, se dit Sarah, il n'y a pas vraiment de problème. Le problème, c'est eux qui l'inventent. Et maintenant qu'ils l'ont étiquetée « enfant à problème », il lui est difficile d'en sortir... Mais elle s'en sortira. Seule. Sa décision est prise : lors de sa prochaine visite au Dr Bender, elle lui dira que c'est la dernière fois, qu'elle ne viendra plus le voir...

En raison de congés scolaires, quinze jours se sont écoulés depuis leur dernière rencontre. Elle a lui fait un grand dessin : Sam et Charlotte lancés au galop sur une plage déserte. Il admire son œuvre, comme toujours. Sarah décide qu'elle l'aime bien ; il parle d'une voix douce et calme, et ne lui dit jamais *il faut*. Au fond, il va lui manquer.
— Je ne crois pas que je reviendrai, à partir de maintenant, déclare-t-elle au moment de le quitter, après qu'ils ont longuement discuté de projets de vacances.
— J'attendais que tu me l'annonces, dit-il

simplement. Je voulais que ce soit toi qui prennes la décision.

— Au revoir.

— Tes dessins vont me manquer. Tu peux revenir quand tu veux, tu sais. Même si c'est seulement pour passer dire bonjour.

— Peut-être, dit Sarah. Mais je ne crois pas.

Elle est à peu près sûre qu'elle n'en fera rien.

Chapitre 11

Voilà des semaines déjà que Sarah s'en doutait : sa chienne souffre de diabète. Il lui semble l'avoir toujours su, depuis le premier jour peut-être, mais bien sûr elle a mis longtemps à l'admettre pour de bon. D'abord, c'est tellement bizarre, tellement grotesque, comme coïncidence ! Et puis franchement, dans une maison, un seul diabétique suffit bien. Alors, Sarah avait beau savoir, elle s'efforçait de ne pas y croire. Mais à quoi bon se mettre la tête sous l'aile ? Le fait est là : Charlotte est diabétique.

Elle se demande si sa mère le sait. Elle n'en a jamais rien dit, mais ça ne prouve rien. Et l'état de la chienne saute aux yeux, pour qui s'y connaît un peu.

Pour commencer, elle a toujours soif. Exactement comme Sarah il y a deux ans. Sa cuvette est vide en permanence, et en promenade tous les points d'eau sont mis à contribution. Flaques, mares, ruisseau, tout lui est bon, et Sarah s'amuse toujours de la voir patauger résolument, de l'eau jusqu'au poitrail, puis s'immerger le menton et agiter les mâchoires à grand bruit, comme si elle essayait de croquer l'eau. Un jour, Mme Freeman l'a surprise à boire l'eau de la cuvette des toilettes.

— Beuark, dégoûtant ! s'est récriée Jane.

Autre détail éloquent, Sarah doit systématiquement la laisser sortir au jardin la nuit. En fait, Sarah se lève aussi, et pour la même raison d'ailleurs, si bien que le rituel ne lui pèse pas. La première éveillée entraîne l'autre...

Mais le symptôme le plus révélateur, c'est l'extrême maigreur de la chienne, qui pourtant n'est privée de rien. Sarah a fait la comparaison avec d'autres labradors, en chair et en os ou sur des magazines. Elle en a vu de toutes les corpulences, des minces et d'autres replets (beaucoup trop rembourrés à son goût), mais le plus efflanqué d'entre eux ne l'était pas autant que Charlotte. Seul son poil fait illusion.

Pauvre Charlotte ! Avec son orteil de travers et ses ennuis de santé, elle a dû être le canard boiteux de la portée. De ceux qu'on supprime tôt ou tard — comme son maître a cherché à le faire. Sarah est bien résolue à lui faire oublier ses misères. Et tant pis si cela signifie la gâter un peu.

Tout le problème est de savoir où en est la maladie, et si elle a déjà provoqué des dégâts irréversibles. Charlotte est toute jeune encore, elle déborde d'énergie. A la voir, on aurait peine à croire qu'elle est atteinte d'une maladie grave.

Sarah réfléchit. Que faire ? En parler à ses parents ? Pas déjà. D'abord, rien ne prouve que chez un chien le diabète exerce ses ravages aussi rapidement que chez un être humain. Après tout, le régime d'un chien se compose surtout de viande, alors que ce sont les sucres qui représentent un danger. Autrement dit, il devrait suffire de supprimer les biscuits, par exemple, quitte à forcer un peu sur la viande.

Discrètement, Sarah passe à l'action. Plus de biscuits pour Charlotte, et de la viande fraîche plutôt que des boîtes, parce que les boîtes risquent de contenir beaucoup trop d'hydrates de carbone, même si les étiquettes, sur ce point, restent pudiquement évasives. Mme Freeman se laisse fléchir sans trop de protestations, et Sarah espère ardemment que ce régime permettra à la chienne de rester en forme longtemps. Cela dit, si sa santé se détériore, il faudra tôt ou tard la conduire chez le vétérinaire. Le cœur serré, Sarah se demande s'il ne vaudrait pas mieux consulter le vétérinaire dès maintenant, mais elle écarte l'hypothèse. Puisque pour le moment Charlotte tient la grande forme, à quoi bon ? Elle examine les yeux de la chienne, mais là non plus il ne semble pas que le mal ait commis de dégâts. Charlotte n'a certes pas un œil d'aigle, mais les chiens comptent tellement sur leur flair qu'apparemment, pour eux, la vue est plutôt secondaire.

Un matin de juin, Sarah horrifiée découvre des traces de sang sur la couverture où dort la chienne. Du sang ? Pour autant qu'elle sache, le diabète ne provoque aucun symptôme de ce genre. Charlotte serait-elle atteinte d'un mal plus sinistre encore ?

Sarah ne dit rien à personne, mais peu

après, dans la cuisine, sa mère avise une tache de sang sur le carrelage.

— Oho ! Qu'est-ce que c'est que ça ?

— Je crois que c'est Charlotte, murmure Sarah.

— Misère ! s'écrie Mme Freeman. Voilà qu'elle a ses chaleurs !

Misère peut-être, mais Sarah respire. Sa mère par contre est aux cent coups.

— Il va falloir l'attacher. Avec une chaîne, évidemment. Une corde, elle aurait vite fait de la ronger.

Consternation de Sarah. Charlotte, enchaînée ? Comme un forçat ?

— Mais pourquoi ?

— Parce que c'est le seul moyen de la tenir. Je sais ce que c'est. Et inutile d'espérer la garder enfermée, va. Laisse la porte entrouverte une seconde, et tu peux toujours courir pour la rattraper.

— Pas Charlotte !

— Charlotte comme les autres. Et attends un peu, tu vas voir. Nous allons être assiégés par les chiens. Nuit et jour, le jardin en sera plein. Il en viendra de partout, à des kilomètres à la ronde.

On la sent prête à livrer bataille à tous ces intrus. Du fond de son panier, la chienne l'épie d'un œil anxieux. Elle sait bien qu'il est question d'elle.

En fait de chaîne, c'est au bout de sa laisse qu'on attache Charlotte — à un pied de table, près de son panier. Ce matin-là et les matins suivants, pendant les trois semaines que durent les chaleurs, Sarah fait promettre à sa mère de sortir la chienne au jardin le plus souvent possible. Et Mme Freeman, trois semaines durant, sort ponctuellement la chienne au jardin, un bâton à la main afin de dissuader les éventuels prétendants. Dans la même intention, elle garde un seau d'eau à côté de la porte afin de refroidir leurs ardeurs au besoin. Mais quinze jours s'écoulent et pas un soupirant n'apparaît. Charlotte passe son temps recroquevillée dans son panier, prostrée, l'air misérable, telle une pestiférée. Lorsqu'on la sort, elle n'a qu'une idée : rentrer au plus vite.

Un jour, Sarah qui la promène en laisse songe vaguement à la lâcher lorsqu'elle découvre qu'on les suit : un petit chien marron, sans bruit, s'est glissé à trois pas de Charlotte. Sarah sursaute. Tout ce que lui a prédit sa mère lui revient en tête d'un coup : les chiens transformés en fauves déchaînés, incontrôlables. Elle pousse un cri et tire sur la laisse. Charlotte terrorisée se plaque au sol. Le petit chien marron s'éclipse instantanément. Charlotte le regarde se couler dans la haie sans lui témoigner le moindre intérêt. Rien à voir avec la grande scène à laquelle Sarah s'attendait.

Toutes deux regagnent la maison en courant — Charlotte pressée de retrouver son panier, Sarah de signaler l'affaire :

— Y a un chien dans le jardin !

— Où ça ? s'écrie sa mère, se saisissant de son gourdin de représentant des forces de l'ordre.

Mais le petit chien a disparu — et ne montrera plus le bout du museau.

Sans Charlotte, les grandes balades ne sont plus tout à fait ce qu'elles étaient, malgré Sam et malgré les jours qui continuent d'allonger. Mais d'un autre côté, les examens sont proches, si bien que de toute façon l'heure n'est pas aux randonnées. Jane révise dans la fièvre, et ne cesse de faire allusion au sort terrible réservé à ceux dont les notes ne feront pas le poids. Ces sinistres prédictions finissent par alarmer

Sarah. Elle a moins manqué la classe, durant ce dernier trimestre, mais les lacunes accumulées au début de l'année semblent presque impossibles à combler. En fait, elle se résignerait à redoubler, mais sa sœur fait du redoublement une telle infamie qu'elle en est fortement ébranlée.

Les trois semaines fatidiques écoulées, Charlotte recouvre son état normal et du même coup la liberté. Pourtant, sans pouvoir dire pourquoi, Sarah a l'impression que la chienne a changé. Elle tarde à retrouver cet entrain débordant qui la poussait à se lancer dans de folles poursuites avec ses congénères, ou à courir en rond à travers les fougères pour la seule griserie, par pure joie de vivre.

Les examens terminés, c'est à Sarah de savourer la liberté, une liberté tout juste entachée par la crainte des résultats. Plus de devoirs à la maison, la fin du trimestre est proche. Ensuite, ce sont les vacances d'été, riches de promesses, inépuisables. Sarah en attend beaucoup, de ces vacances. L'été dernier n'a rien eu de fameux : c'est au cours de l'été, justement, qu'elle a dû se résigner à une piqûre quotidienne, après toute une année d'un régime de famine. Pour couronner le tout, elle appréhendait la rentrée au collège. Cet été, les choses se présentent infiniment mieux. Désormais, il y a Sam et Charlotte, et elle s'habitue peu à peu à ces satanées injections. Sa mère a pu lui procurer les seringues spéciales dont parlait le Dr Bender, et l'amélioration est très nette. Non que Sarah trouve plaisir à ces sempiternelles piqûres ! Elle les déteste toujours autant, mais du moins a-t-elle pris le pli de se débarrasser de la corvée au saut du lit, sans une plainte. Les vacances s'annoncent bien.

En attendant, tous les soirs, à peine rentrée de classe, elle se dépêche d'aller seller Sam, elle appelle Charlotte et met le cap vers la ferme des Opie. Le samedi et le dimanche, elle y prend quasiment pension : elle déjeune et dîne là-bas, et ne regagne le bercail qu'à l'heure du coucher.

— Bonsoir, mademoiselle. Ai-je l'honneur de vous connaître ? plaisante son père à son retour.

Mais sa mère se tourmente. Sarah se nourrit-elle correctement, là-bas ? Sarah la rassure avec conviction : elle est bien assez grande pour faire attention à ce qu'elle mange. Et comme manifestement tout va bien, Mme Freeman se rassérène peu à peu.

Chez les Opie, pour Sarah, c'est le dépaysement complet. A table, ils ne sont jamais moins de sept dans la grande cuisine de la ferme. Une assiette de plus ou de moins, c'est à peine si on s'en aperçoit. Pourtant, curieusement, l'ordre règne. A eux quatre, les Freeman font nettement plus de bruit, d'ordinaire, que la famille Opie au complet.

Lorsque tout son monde est assis autour

de la grande table, M. Opie dit le bénédicité. Après quoi, tous en chœur, les convives répondent « Amen » — et Sarah s'y met, pour faire comme les autres. Le dimanche matin, les Opie assistent à l'office, et les plus jeunes des enfants suivent les cours d'instruction religieuse.

Durant le repas, on parle peu, et chacun a son tour de parole. M. Opie interroge ses enfants sur leurs activités du moment, et ils lui répondent brièvement. Toute discussion ou prise à parti est manifestement bannie. La courtoisie est de rigueur, personne n'omet de dire s'il te plaît ou merci.

Sarah accepte la règle du jeu, qui n'est pas si ridicule. Après tout, dans une grande famille, il n'y a pas moyen de faire autrement. Si tout le monde parlait à la fois, ou si les querelles éclataient, ce serait bientôt invivable. Cela dit, elle estime tout de même que M. Opie fait un peu vieux jeu. Le résultat, c'est que ses enfants ne se confient guère à lui. Chacun agit à son idée, et ils sont loin de tout lui dire...

Le repas terminé, on attend que les grâces soient dites avant de quitter la table. Si d'aventure les petits ont laissé quelque chose dans leur assiette, ils ne sont pas autorisés à sortir avant d'avoir tout terminé.

Un soir qu'elle dîne à la maison, par extraordinaire ces temps-ci, Sarah se surprend elle-même à dire le bénédicité à voix haute.

— Pour ce repas et pour tous tes bienfaits, Seigneur, apprends-nous à rendre grâces. Amen.

Jane laisse échapper un rire strident.

— Ce n'est pas très futé de se moquer de ce genre de choses, Sarah, intervient leur mère. Nous ne sommes pas pratiquants, c'est un fait, mais ce genre de singeries...

— C'est pas des singeries, proteste Sarah. Chez les Opie, on le dit toujours, le bénédicité.

— En ce cas, bon, si tu y tiens...

— Je suis la seule chrétienne de cette maison.

— Oh ! pouffe Jane. Tu es sûre que tu l'es ? Tu es sûre que tu crois en Dieu ?

— Oui.

— Première nouvelle ! Et ça t'est venu comment ?

— Je ne sais pas. Mais je pense vraiment qu'il existe un Dieu. Je crois même que c'est lui qui m'a faite diabétique. Pour me punir.

— Sarah ! s'écrie sa mère. Tu ne parles pas sérieusement, dis-moi ?

— Si. Je crois que c'est la vérité.

— Ecoute, non, ça n'a pas de sens. Tu n'as rien fait pour mériter ça.

— N'empêche, c'est ce que je crois.

Son père lève le nez du verre de petit vin maison qu'il est en train de déguster.

— J'ai lu un article, un jour, dans lequel on interrogeait un certain nombre de diabétiques célèbres...

— Comme Sarah Freeman, par exemple ! enchaîne Jane, sarcastique.

— Trevor Huddleston, Sue Lloyd, je ne sais plus qui encore, un footballeur célèbre, bref. Et tous estimaient plutôt que la maladie avait été provoquée par un choc. Monseigneur Huddleston, entre autres, racontait qu'un jour, en Afrique, il devait faire traverser un fleuve à de jeunes garçons, et qu'ils avaient failli se noyer, emportés par le courant. C'est sur lui que serait tombée la responsabilité du désastre, et c'est cette émotion, d'après lui, qui aurait déclenché son diabète.

— Intéressant, commente Jane. Tu te souviens d'avoir éprouvé un choc, toi, Sarah ?

— Oui, je m'en souviens très bien. J'étais toute petite, juste née. Je me rappelle, j'ai ouvert les yeux...

Elle ménage ses effets. Ils sont pendus à ses lèvres.

— Et alors ? insiste son père.

— Et alors... j'ai vu Jane !

— Ouaf, commente Jane en faisant mine de se chatouiller l'aisselle.

— A propos, dit Mme Freeman, vous vous souvenez de ces mères d'élèves, à l'école ? Ces dames qui ne voulaient pas que leurs enfants jouent avec Sarah, parce qu'on venait de diagnostiquer son diabète et qu'elles avaient peur que ce soit contagieux !

Sarah se tourne vers ses parents.

— Je me demandais... dit-elle soudain. Et si on allait voir un guérisseur ?

— Pour quoi faire ? Pour toi ? Qui t'a mis cette idée en tête ?

— Je ne sais plus, mais j'ai entendu dire que quelquefois ils obtenaient des résultats...

— Si j'étais toi, je ne placerais pas trop d'espoirs dans ce genre de solutions miracles. En général, ce sont surtout des sources de déceptions. Mieux vaut apprendre à vivre avec tes petites misères.

— Et une greffe, ça ne se fait pas ? Une greffe de pancréas ou quelque chose comme ça ?

— Hmm, ça a été tenté, sauf erreur. Aux Etats-Unis. Sans grand succès jusqu'ici, j'en ai peur.

— Allons, Sarah, dit Mme Freeman. Ce n'est tout de même pas si terrible. Tu t'y es faite plus ou moins, il me semble.

— Alors là, c'est toi qui le dis ! s'indigne Sarah.

Chapitre 12

En été, les Freeman restent chez eux. C'est un choix délibéré. Partir ? Ils n'en éprouvent pas le besoin. Quand on habite au bord de la mer, changer d'air n'a rien d'impératif. Seule Jane n'apprécie guère. Elle envie ses camarades qui partent pour l'Espagne ou l'Autriche, et fait mille allusions à un voyage sur le continent. Cette année, leur mère a proposé à Sarah un séjour en camp de vacances, un camp spécial pour diabétiques. Le docteur Boddinick est d'avis que cette expérience lui ferait le plus grand bien, mais Sarah n'y tient pas du tout. Elle se voit déjà enrégimentée avec des dizaines de compagnons d'infortune, tous alignés pour la piqûre matinale avant de passer, toujours en rangs, à de grands jeux organisés. Sans compter qu'avec ses douze ans elle se retrouverait dans le groupe des huit-douze. Merci bien ! Autant rester à la maison, et profiter de ses amis, de la plage et de Sam.

Les premiers jours de vacances, elle se grise de liberté. Levée la première, elle se hâte d'en finir avec sa piqûre, déjeune et enfourche Sam pour filer droit chez Opie, Charlotte sur les talons. Gillian et elle passent la matinée en longues balades à poney.

Ces demoiselles ne tardent pas à faire une découverte du plus haut intérêt : sur les plages où les estivants se font plus nombreux de jour en jour, Sam et Pickwick ont un succès fou. Les gens s'approchent pour les voir, s'informent de leurs noms, demandent à Gillian et Sarah si par hasard elles n'accepteraient pas de laisser leurs gamins faire un petit tour à dos de poney. Les filles acceptent gentiment, et bien souvent, en remerciement, on leur glisse une ou deux piécettes. L'affaire marche bien : à elles deux, en une matinée, elles arrivent à récolter plus de trois livres sterling. Pas si mal, pour un job qui n'a rien d'épuisant : il suffit de mener leurs poneys par la bride, et de longer la plage bien sagement.

L'après-midi, elles laissent leurs bêtes au pré et redescendent à la plage à pied. Elles ont leur place attitrée dans un certain creux de rochers, c'est là qu'elles prennent leurs bains de soleil. Si d'aventure la place est prise, elles s'installent à proximité et pérorent à voix haute sur cette calamité publique que sont les estivants sur les plages. De temps à autre elles s'offrent un plongeon, puis retournent se réchauffer au soleil. Jane, qui se trouve trop grosse, préfère se dorer au jardin.

Charlotte est de toutes les sorties. Elle aussi sait tirer parti des visiteurs : comme elle est toujours affamée, elle va quémander auprès des pique-niqueurs ou des enfants en train de goûter, et il est rare que personne ne lui offre un petit quelque chose. Sarah voit ce manège d'un œil sombre. D'abord, c'est sûrement mauvais pour Charlotte. Et puis, Sarah n'aime pas voir sa chienne faire les yeux doux à des inconnus.

Le soir, après souper, Sarah selle à nouveau Sam et repart à l'aventure, à travers chemins et sentiers, jusqu'à la tombée de la nuit.

Au bout de quelques jours de ce régime,

elle est complètement épuisée. Un matin, sa mère lui ordonne de rester au lit. Sarah est si fatiguée qu'elle n'essaie même pas de protester. Ce qui ne l'empêche pas de se lamenter :

— Et voilà. Les vacances sont fichues. C'est couru d'avance.

— Ne dis donc pas de sottises. Repose-toi une journée et tout va s'arranger.

— C'est toujours pareil. Je ne peux rien faire de ce que je veux, ça finit tout le temps comme ça !

— Si tu savais te modérer, aussi ! Mais non, il faut toujours que tu en fasses trop, et tout à la fois, qui plus est. Prends les choses plus calmement, que diable ! Rester un peu au lit de temps à autre n'a jamais fait de mal à personne.

— Rester au lit, en vacances ? J'ai horreur de ça, moi, rester au lit !

Sa mère l'étudie, pensive.

— Tu n'aurais pas un peu abusé des glaces, par hasard, ces temps derniers ?

— Seulement quand j'avais besoin de sucre.

— Et où as-tu trouvé de quoi les payer ?

— Sans ça, je serais tombée dans le coma.

— Mais où as-tu trouvé l'argent ?

— Je l'ai gagné. En promenant des enfants sur Sam. A la plage.
— Je n'aime pas beaucoup cette façon de soutirer de l'argent aux gens, Sarah, tu t'en doutes bien. Et tu n'as droit qu'à une glace par jour. Il faut t'y tenir.

Sarah se raidit sous ses couvertures. Dehors, le soleil brille. Une journée sans plage est une journée perdue.

Le lendemain, remise d'aplomb, Sarah s'apprête à repartir, mais sa mère y met le holà. Après moult marchandages et un coup de fil chez Opie, Sarah obtient la permission de rejoindre Gillian en début d'après-midi. Mais elle y sera conduite en voiture, et les deux filles resteront à la ferme au lieu de descendre à la plage. Inutile de discuter davantage ; Sarah n'obtiendra rien de plus.

La salle de cinéma de la bourgade projette un Walt Disney ce soir-là. A l'heure du thé, Gillian et Sarah déclarent qu'elles aimeraient bien y aller. Gordon, qui les a entendues, annonce qu'il irait bien aussi.
— Oui, mais... est-ce qu'on veut de lui ? demande Gillian.
— Sans lui, vous n'irez pas, tranche son père. Je n'aime pas du tout l'idée de vous

savoir seules toutes deux sur ces chemins creux à la nuit noire, surtout avec les phénomènes qui rôdent dans le coin à cette époque de l'année. Si ton frère n'y va pas, ma fille, dis-toi que tu n'y vas pas non plus.

L'affaire est donc conclue, à ce détail près que Sarah doit encore convaincre ses parents.

Du plus loin qu'ils entendent la voiture des Freeman, Sarah, Gillian et Gordon s'élancent à sa rencontre. Le père de Sarah abaisse sa vitre.

— S'il vous plaît, Maman et Papa, est-ce que je pourrais aller au cinéma ce soir ?

Ses parents se consultent du regard.

— Oh, je ne suis pas fatiguée du tout, j'ai eu un après-midi supercalme.

— Oui, mais comment rentreras-tu à la maison ?

Gordon fait un pas en avant.

— Pas de problème, M. Freeman, je la raccompagnerai.

— Ah ? Bon. En ce cas, parfait, dit M. Freeman, l'air un peu surpris par cette décision.

Quelque part sur le siège arrière, Jane étouffe un petit rire discret.

— Mais ça fait une trotte, malgré tout, souligne Mme Freeman.
— Maman ! Tu sais bien que je l'ai fait souvent.

Rendez-vous est donc pris devant le cinéma à sept heures et quart, et Sarah monte dans la voiture paternelle. Tout le long du chemin, Jane s'amuse à imiter Gordon :
— Pas de problème, M. Freeman. Je la raccompagnerai.

Elle prononce ces mots d'un ton sec, viril, très britannique, avec un petit salut militaire. Sur quoi elle s'effondre de rire.
— Pas de problème, M. Freeman. Je la raccompagnerai.
— T'exagères, proteste Sarah. Il n'a pas fait ce geste du tout.
— Pas de problème, M. Freeman.
— Si tu te crois drôle !
— Jane, ça commence à bien faire, coupe leur mère. Les plaisanteries les meilleures...

Jane tient sa langue de son mieux, mais de temps à autre, à la fureur de Sarah, elle rentre le cou dans les épaules et pouffe en silence.

Le cinéma est plein à craquer. Les estivants, encore eux ! Les jours de pluie, une projection supplémentaire vient meubler l'après-midi, mais ce n'était pas le cas aujourd'hui. Gordon prend les billets, les filles promettent de le rembourser plus tard. Au beau milieu du film, quelque chose de soyeux passe furtivement le long de la jambe de Sarah, qui pousse un cri d'horreur. Mais ce n'est que le chat du gérant de la salle qui fait sa ronde dans les allées. Sarah et Gillian piquent un fou rire monstre. Leurs voisins les rappellent à l'ordre.

Le film terminé, le trio reprend le chemin de la ferme. Les deux filles vont bras dessus, bras dessous, quelques mètres derrière Gordon qui ouvre la marche. A l'entrée de la ferme, Sarah fait ses adieux à Gillian et suit Gordon sans mot dire. La nuit n'est pas encore très noire.

— Qu'est-ce que tu comptes faire de l'argent que tu as gagné en faisant faire des promenades sur le dos de Sam ? demande Gordon soudain.

— Le garder, bien sûr, quelle idée !

— Papa dit que Gillian devra donner le sien à une œuvre.

— La pauvre ! Il n'y a pas de raison.

— Tu pourrais donner le tien à l'association des diabétiques, non ?
— A eux ? Tu veux rire !
— Et si vous organisiez ces promenades à poney pour de bon, en faisant ça deux fois par semaine, mettons ? Moi je pourrais venir vous donner un coup de main et on enverrait l'argent gagné à la recherche. A mon avis, ça vaudrait la peine.

Il se lance dans la description d'une expérience médicale dont il a lu le compte rendu, récemment. D'après lui, on aurait implanté un ordinateur miniaturisé dans le corps d'un patient, pour mesurer son taux de glycémie et libérer la quantité d'insuline correspondante. Le problème, c'est que l'entretien de l'appareil oblige à passer sur la table d'opération tous les mois. Sarah est d'avis que les piqûres sont une solution plus simple.
— On ne sait jamais, insiste Gordon. A force de chercher, on pourrait trouver quelque chose.

Sarah se souvient qu'il a l'intention d'étudier la médecine. Elle lui trouve tout à fait le profil de l'emploi.
— Le mieux, conclut-elle, ce serait encore

de trouver le moyen d'administrer l'insuline autrement que par piqûres.

Gordon revient à son idée de collecte de fonds. Il avoue qu'il voit un autre intérêt à ce projet : son père lui permettrait sûrement de se libérer un après-midi ou deux pour une aussi noble cause. Tout l'été, chaque jour il travaille à la ferme. Une escapade à la plage ne lui déplairait pas.

Pour finir, Sarah rend les armes. Tout le restant du trajet, ils mettent au point leur projet, que les horaires de marées viennent compliquer encore.

— En plus, conclut Gordon, tout dépend du temps. S'il pleut ou s'il fait gris, on risque d'avoir moins de clients. Mais on pourrait essayer ça dès demain, si le soleil le veut bien ?

Le lendemain après-midi, le soleil étant consentant, ils descendent à la plage tous trois, Sarah et Gillian sur Sam, Gordon sur le brave Pickwick. Gordon a tout prévu, depuis le panneau qui va assurer la publicité de l'entreprise jusqu'aux boîtes en fer blanc destinées à recueillir les fonds. Sur la plage en contrebas, serviettes et parasols pavoisent le sable et les rochers de couleurs vives. Les estivants sont là en force, comme le confirme la forte odeur d'ambre solaire qui accueille les arrivants. Passé le cordon de galets, par bonheur, l'odeur familière de la mer reprend le dessus.

A peine Gordon a-t-il planté son écriteau dans le sable humide qu'un surveillant de baignade surgit du néant avec des airs de matamore.

— Pas de poneys sur cette plage.

— Ah ? dit Gordon. Première nouvelle !

— Mais c'est comme ça. Allez, dégagez.

— Dites, nous habitons ici toute l'année. Nous avons toujours promené nos poneys ici, et sauf erreur il n'y a pas de loi pour nous l'interdire.

— La plage est à vous, peut-être ? renchérit Sarah.

L'autre esquisse le geste d'arracher le piquet, mais Charlotte lui montre les dents. Gordon protège son panneau d'une main ferme, bien décidé à ne pas laisser faire. Le matamore décide d'aller chercher du renfort, et Gordon en profite pour renfoncer son piquet.

— Quel frimeur, celui-là ! commente Sarah en regardant s'éloigner le gaillard, qui roule

des mécaniques. Il se figure que toute la plage n'a d'yeux que pour lui.

Le surveillant revient avec une escouade de surfeurs. Gordon les connaît presque tous, plusieurs d'entre eux sont d'anciens camarades de classe. Il marche à leur rencontre en agitant devant lui une tirelire de fer blanc, et ils éclatent de rire. Ils sont tous en maillots de bain, et n'ont pas un sou vaillant sur eux. Le surveillant de

baignade ne pipe pas mot. Il a perdu, il s'incline. Il tourne les talons, la mâchoire serrée. L'instant d'après, d'un coup de sifflet rageur, il rappelle à l'ordre un impudent qui s'aventure dans l'eau malgré le pavillon rouge, signe de baignade interdite. La mer descend, et les nageurs courent le risque d'être entraînés vers le large par les courants, particulièrement puissants dans le secteur.

Et les affaires commencent. Bride à la main, cavaliers en selle, Gillian et Sarah conduisent leurs poneys jusqu'au ras des vagues, aller et retour. Elles ne laissent à personne le soin de tenir leurs bêtes. Le plus souvent, les parents des écuyers en herbe les escortent, ne serait-ce que pour maintenir en selle leur progéniture. Parfois les plus grands se prennent pour des cow-boys et font mine de tirer sur les rênes ou d'éperonner leur monture. Les filles y mettent le holà prestement. Pendant ce temps, sébile en main, Gordon joue les organisateurs. A l'occasion, il accepte les clients sans le sou. Il ne faut pas être trop exigeant.

Puis la mer commence à remonter, les aller et retour jusqu'à l'eau se font de plus en plus courts. Bientôt le pavillon rouge est abaissé, et c'est la ruée dans les vagues. Dès lors, les planches des surfeurs s'approchent dangereusement des pattes des poneys. Gordon et les filles décident d'en arrêter là.

Ils regardent un moment le surveillant de plage s'affairer auprès des baigneurs, attentif à circonscrire son troupeau indiscipliné dans l'espace délimité par les fanions colorés. Les coups de sifflet pleuvent, impérieux, mais cette fois le surveillant a toute la sympathie de Sarah et de ses amis. La plage est dangereuse, les estivants sans cervelle. Pas plus tard que l'an dernier, un surveillant de baignade s'est noyé en tentant de sauver un nageur, après en avoir arraché deux autres à la mort. Mais il est vrai que cette eau est tellement attirante, avec ses rouleaux d'un vert de jade qui s'écrasent sur le rivage en gerbes d'écume étincelante !

— Je piquerais bien un plongeon aussi, dit Sarah.

— Pas de problème, assure Gordon. Remontons tout de suite. Le temps de revenir ici, la mer sera juste à la hauteur idéale.

Plus tard dans la soirée, après s'en être donné à cœur joie dans cette eau fraîche bien frappée qui vous fouette le sang et vous met le cœur en fête, ils comptent la recette dans la grande cuisine de la ferme. A la vue de cette fortune, Gillian a les yeux qui brillent.

— Toi alors, tu es bien une vraie Opie, dit son frère. Si tu étais née deux siècles plus tôt, je parie que tu aurais rejoint les naufrageurs, lanterne à la main, le long du rivage, pour attirer les navires sur les récifs...

Du menton, il désigne la mer dans son dos.

Sarah ne dit rien, mais elle est ravie, elle aussi. En deux heures, ils ont récolté plus de dix livres.

Dix livres en un après-midi, le record ne sera pas battu. Les semaines suivantes, le temps se met à la pluie, plusieurs de leurs sorties doivent même être annulées. Là-dessus, durant quelque temps, Sarah n'est à nouveau plus assez en forme pour descendre à la plage. Malgré tout, vers la fin des vacances, ils ont recueilli plus de quarante-cinq livres, que M. Opie arrondit à cinquante. Cette fortune est remise à M. Freeman, qui se charge de faire le chèque. Le formulaire dont il dispose comporte la mention : « A quoi désirez-vous que ces fonds soient attribués de préférence : à la recherche ? à la publicité en faveur de notre association ? à nos camps de vacances ? »

— Bof, dit Sarah. Moi, ça m'est bien égal.

Mais Gordon n'hésite pas une seconde :

— A la recherche.

— Bien, reprend M. Freeman. Et est-ce que je leur explique comment cette somme a été recueillie ?

— Surtout pas ! se récrie Sarah. Ils iraient le raconter dans la revue.

— Et alors ? Je ne vois pas où est le mal.

— Moi si ! dit Sarah.

— Au contraire, il me semble que ce serait une bonne idée. C'est toujours agréable d'apprendre que des gens de votre âge font quelque chose de constructif.

Gordon a l'air gêné. Jane exécute un petit salut militaire.

— Pas de problème, M. Freeman.

Et, pliée en deux, elle feint de s'étrangler de rire.

Chapitre 13

Le poissonnier, qui passe toutes les semaines, a de superbes carrelets ce matin. Mme Freeman en achète cinq filets : un par convive, et deux pour Sarah qui ne prend pas de pommes de terre. Le commerçant n'a pas de monnaie, elle court en chercher à la cuisine et dépose les poissons sur la table au passage. Elle les mettra au frais plus tard.

Le temps de retourner au portail, de bavarder un instant avec le poissonnier puis de regagner la cuisine, il ne reste plus trace du poisson.

Mme Freeman fixe la nappe, perplexe. Elle est pourtant bien certaine d'avoir posé ce paquet sur la table.

— Jane, c'est toi qui as rangé le poisson ?

— Quel poisson ? répond Jane depuis la pièce voisine.

Mme Freeman réfléchit. Elle n'a tout de même pas rapporté ce poisson avec elle en retournant à la camionnette ? Non, ou elle l'aurait encore en main. Elle balaie la pièce du regard, abasourdie.

C'est alors qu'elle avise Charlotte dans son panier. Charlotte curieusement recroquevillée, et dont les yeux épient le moindre geste de la maîtresse.

— Charlotte !

La chienne se pelotonne plus encore, en boule serrée. Le bout de sa queue s'agite, timidement, contre son flanc.

— Charlotte, ici !

La chienne se déroule sans hâte, s'assied sur son derrière, une patte arrière de biais. La queue continue de battre, flap, flap, flap. D'un coin de son panier dépasse un bout de papier sulfurisé, proprement mis en charpie.

Le mystère est élucidé.

— Sale bête ! rugit Mme Freeman.

Elle attrape le journal sur la table et en frappe la chienne à coups répétés. Charlotte se tapit au fond de son panier, le museau dans l'angle. Le rebord du panier prend le plus gros des coups, le journal n'y résiste pas. Alors Mme Freeman l'enroule sur lui-même pour s'en faire une arme.

— Voleuse ! Tu n'es qu'une voleuse, vorace comme pas deux !

Charlotte laisse échapper un gémissement.

Alertée par le bruit, Sarah ouvre la porte à la volée et se rue dans la pièce. Elle hurle à sa mère :

— Qu'est-ce que tu lui fais ? Qu'est-ce que tu fais à ma chienne ?

— Elle a volé mon poisson ! riposte Mme Freeman.

Sarah s'interpose entre sa mère et la chienne.

— Arrête ! Je t'interdis de la toucher !

— Sarah ! Ecarte-toi de là !

— Non ! Arrête ! Tu lui fais mal ! Mauvaise ! Cruelle !

— Je devrais la laisser se servir sur la table, sans doute ?

— T'as pas à lui taper dessus ! C'est de la méchanceté !

— Il faut qu'elle comprenne !

Mais Mme Freeman continue de frapper, brandissant son arme un peu à l'aveuglette, et c'est Sarah cette fois qui prend le plus clair des coups. Elle tente d'empoigner le bras de sa mère, en vain. Depuis la porte, Jane s'égosille :

— Papaa ! Pa-paa !

Sans prévenir, Mme Freeman s'assied. Sarah lui arrache le journal des mains et le brandit, menaçante. Toutes deux ont le souffle court, les yeux de Sarah lancent des éclairs. Malheur à qui tenterait de s'attaquer de nouveau à sa chienne.

— Eh bien, Sarah ? déclare M. Freeman en descendant l'escalier quatre à quatre. On peut savoir ce qui se passe ?

— C'est cette espèce de... je-sais-pas-quoi qui était en train de faire du mal à Charlotte !

— Sarah ! lance M. Freeman, mais la voix de sa femme couvre la sienne :

— Oui, et cet adorable animal a fait disparaître notre repas.

— Et alors ? s'indigne Sarah. Pas une raison pour lui cogner dessus comme une sourde ! Elle pouvait pas savoir que c'était notre repas !

— Mais toi non plus, Sarah, dit son père, ce n'est pas une raison pour monter sur tes grands chevaux de cette façon.

Sarah se retourne vers la chienne.

— Tu es mignonne, Charlotte, va. T'en fais pas. T'occupe pas d'eux.
— Sarah, tu vas demander pardon à ta mère pour l'avoir traitée de cette façon.

A cette seconde, avec un spasme, Charlotte restitue son larcin sur le carrelage.

Les dégâts réparés et les esprits quelque peu calmés, Mme Freeman annonce :
— Cette bête, moi, je vais la conduire chez le vétérinaire.
— Tu ne vas pas la faire piquer ! se récrie Sarah.
— Ai-je dit que c'était mon intention ?
— Non, mais avec toi, on ne sait jamais.
— Ecoute, Sarah. Tu voudrais bien essayer d'être un peu moins odieuse avec moi, pour changer ? Et tout ça, pourquoi ? Parce que la classe reprend dans une semaine.
— C'est pas pour ça !
— Tout l'été, tu as été parfaite ; mais dès que la rentrée approche...

Sarah marmonne quelque chose d'inaudible. Elle froisse les oreilles de Charlotte, l'air absent. La chienne a les flancs creux, à croire qu'un effet de succion s'exerce sur eux par l'intérieur. Elle est si effilée, au niveau des reins, qu'on a l'impression qu'un rien suffirait à la casser en deux.

— Elle a quelque chose, cette chienne, reprend Mme Freeman. Nous ne l'avons jamais fait examiner, et à mon avis il est grand temps de le faire.

Sarah caresse Charlotte à pleines mains. Oh ! s'il suffisait de caresser pour remodeler la chienne, pour la capitonner et remplir tous ces creux !

L'expédition a lieu peu avant la rentrée. Le vétérinaire du comté tient une permanence à Stennack deux après-midi par semaine, dans une salle qui sert aussi à des réunions paroissiales. Sarah et sa mère y conduisent Charlotte à pied. Sarah a pris la laisse de cuir, mais elle accorde toute liberté à Charlotte jusqu'aux premières maisons du bourg.

Dans la petite salle d'attente, il n'y a pas grand monde, tout juste deux ou trois personnes avec des paniers à chat dont s'élèvent de temps à autre des miaulements interrogateurs. Charlotte s'assied sagement aux pieds de Sarah.

Le premier geste du vétérinaire consiste à hisser la chienne sur une table. Il l'admire, et remarque aussitôt qu'elle est particulièrement mince. Il l'examine, la palpe longuement. Mme Freeman explique que Charlotte a toujours faim.

— Seulement, il n'y a rien à faire. Malgré tout ce qu'elle absorbe, elle ne prend pas de poids.

Le vétérinaire est d'avis que Charlotte a des vers. Mme Freeman n'en croit rien. Elle a régulièrement vermifugé la chienne. Il doit y avoir une autre explication à sa maigreur.

L'homme de l'art hoche la tête. Il va prescrire à cette bête un vermifuge qu'il connaît bien, par mesure de sécurité. Les vers sont l'hypothèse la plus simple ; il faut commencer par l'éliminer avant de rechercher toute autre cause.

— Moi, j'ai l'impression que c'est quelque chose de plus grave, soutient Mme Freeman.

— Pourriez-vous m'apporter un échantillon de ses urines, la prochaine fois ? demande le vétérinaire.

— Ce qui permettrait de savoir quoi, au juste ?

— Si elle n'est pas diabétique, par exemple.

Sarah étudie sa mère. Difficile de dire si elle a déjà envisagé l'hypothèse ou non.

— Parce que les chiens peuvent l'être, eux aussi ? demande simplement Mme Freeman.

— C'est une maladie courante chez eux.

— Et comment les soigne-t-on ?

— Avec des injections d'insuline.

Le vétérinaire reprend l'auscultation. Il regarde Charlotte dans les yeux, remarque l'orteil déformé.

— Et comment fait-on pour obtenir un échantillon d'urine d'un chien ? s'informe Sarah.

Il rit.

— Excellente question !

— Mais sérieusement, comment fait-on ? insiste Mme Freeman.

— J'ai eu un client qui avait une petite chienne caniche. Pendant des semaines, le malheureux a tout essayé pour obtenir un échantillon. Pas moyen d'y arriver. Jusqu'au jour où un avion a passé le mur du son au-dessus de chez lui. Sa petite chienne a eu si peur qu'elle en a fait un gros pipi d'émotion ; et lui, il a eu assez de présence d'esprit pour obtenir ce qu'il voulait !

— Je nous vois mal organiser ce genre de scénario pour Charlotte.

— Je laisse ce petit problème à votre ingéniosité.

Il rit de nouveau, et leur tend le vermifuge.

Elles rentrent toutes les trois dans le plus complet silence. De retour à la maison, Sarah commence par administrer le premier de ses cachets à la chienne, enrobé dans un peu de pain. Charlotte avale la bouchée tout rond. C'est plus facile que de faire prendre un médicament à la chatte. On a beau lui tenir la gueule fermée un moment, et lui masser la gorge pour faire passer le produit, Miss Moppet est très douée pour recracher tout ce qu'on lui administre.

— C'est bien, tu es mignonne, dit Sarah à sa chienne, qui espère manifestement une seconde douceur.

Sarah réfléchit. Après la longue marche du retour, inutile d'espérer obtenir un échantillon d'urine sur l'heure. En attendant, Sarah se met en quête d'un récipient adéquat. Il doit y avoir au garage une espèce de vieille casserole en fer blanc qui ne sert plus à rien et qui ferait l'affaire.

A l'heure du thé, M. Freeman s'enquiert

des conclusions du vétérinaire, et sa femme lui fournit un rapport expurgé de l'entretien.

— Il a dit aussi qu'il se pourrait bien que Charlotte soit diabétique, ajoute Sarah.

— Nous n'en savons rien encore, dit Mme Freeman.

— Et que fait-on, en pareil cas ? demande M. Freeman.

— Ce n'est qu'une supposition.

— Il lui faudrait des piqûres d'insuline, dit Sarah.

Ses parents échangent un regard.

— Attendons de voir, dit son père. Inutile de se casser la tête sur un problème hypothétique.

— N'empêche, il lui *faudrait* de l'insuline.

Silence.

— Il lui faudrait de l'insuline, il n'y aurait pas d'autre solution, si ?

— Inutile d'en discuter pour le moment, reprend Mme Freeman. Nous en reparlerons le moment venu, si besoin est. (Elle se tourne vers son mari.) Comment a été la journée, pour toi ? Tu as avancé, dans ton projet ?

Mais Sarah repart à l'assaut.

— Je le sais, moi, pourquoi vous ne voulez

pas en parler. Parce que vous ne voudrez rien faire. Rien du tout. Vous la laisserez mourir, c'est tout.

— Sarah, tu te montes la tête pour rien. D'abord, ce n'est qu'une hypothèse, et hautement improbable qui plus est.

— La vérité, c'est que tu ne veux pas le savoir, si elle est diabétique ou pas.

— Je l'ai emmenée chez le vétérinaire, Sarah.

— Parce que tu voulais qu'il dise qu'il fallait la piquer. Mais il a répondu qu'elle pouvait très bien être soignée à l'insuline. Et moi, je pourrais les lui faire, ses piqûres d'insuline. J'ai le coup de main. Ce ne serait pas compliqué.

— Ecoute-moi donc un peu, Sarah. Si — et je dis bien si — Charlotte était en effet diabétique, il faudrait réfléchir à la question sérieusement. L'insuline revient très cher, ne l'oublie pas, et le traitement ne serait pas remboursé par la Santé publique !

— Autrement dit, tu aimerais mieux qu'on la pique une bonne fois et qu'on n'en parle plus ! (Sarah se lève de table brusquement.) Et moi, hein, pourquoi vous ne vous êtes pas débarrassés de moi aussi ? Moi non.

plus, vous ne voulez pas de moi, n'est-ce pas ?

— Sarah ! Tu dis des sottises !

— Oui, eh bien moi, je vais vous dire : si jamais vous faites piquer Charlotte, je me tuerai !

Sur cette déclaration théâtrale, Sarah quitte la pièce en trombe, claquant la porte derrière elle.

Le lendemain aux aurores, Sarah s'empresse d'emmener Charlotte au jardin, munie de sa casserole de fer blanc. Deviner quand la chienne s'apprête à faire pipi n'a rien de bien sorcier : sa démarche devient de plus en plus chaloupée, son arrière-train s'abaisse peu à peu tandis qu'elle flaire le sol activement, à la recherche de l'endroit idoine. Sitôt qu'elle a trouvé l'emplacement qui lui sied, elle ploie les pattes de derrière, légèrement écartées, et passe à l'action. Ce cérémonial immuable a toujours paru drôle à Sarah.

Elle suit sa chienne pas à pas, guettant les signes avant-coureurs du rituel familier. Il devrait suffire, à l'instant crucial, de glisser le récipient sous la queue de Charlotte... L'ennui, c'est que Charlotte n'y comprend rien. Elle se figure qu'il s'agit d'un jeu, fait volte-face à la dernière seconde, prête à s'emparer de l'objet comme elle le ferait d'un bâton.

Alors Sarah, pour ne pas la décevoir, la laisse mordiller le récipient, en faisant mine de le lui disputer. Le jeu dure une minute ou deux, après quoi la chienne s'élance en direction d'un buisson et abaisse l'arrière-train de nouveau. Cette fois, Sarah tente de glisser le récipient par-derrière. Mais la chienne bondit comme un ressort, et détale à l'autre bout du jardin. Le temps de la rattraper, le pipi est terminé.

Toute la journée, inlassablement, Sarah s'essaye à la manœuvre. En vain. Charlotte refuse de coopérer.

Sarah comprend maintenant pourquoi le maître de la petite chienne caniche a mis des semaines à obtenir un échantillon de son urine ! L'opération est du genre mission impossible.

Au fond, remâche Sarah, c'est bien là-dessus que ses parents tablent. Ils se disent qu'il n'y a rien à faire, qu'il est beaucoup plus simple et moins coûteux de ne pas intervenir. Adviendra ce que pourra. Ils se disent, elle en est sûre, que Charlotte n'est qu'un chien, qu'il n'y a pas à se tracasser pour elle. En d'autres termes, la situation est sans espoir. Même si par extraordinaire Sarah parvenait à obtenir un échantillon de l'urine de Charlotte et à prouver par là que la chienne est diabétique, ils n'accepteraient jamais de la soigner. L'insuline revient trop cher, il n'y a pas à discuter.

Les chances de succès sont infimes, c'est vrai, mais Sarah ne renonce pas.

— Allons, viens par ici, ma belle. Il faut qu'on y arrive, tu sais. Et on y arrivera, je te le promets.

Chapitre 14

La rentrée réserve à Sarah une agréable surprise : elle est admise dans la classe au-dessus. C'est une joie et un soulagement, mais voilà que le Dr Bodinnick se met en tête de la faire suivre par une nouvelle équipe médicale.

— Je ne suis pas satisfait du tout des résultats obtenus ici, explique-t-il. En principe, tu ne devrais pas avoir de ces coups de barre que tu as si souvent.

D'après lui, il serait bon que Sarah se rende une fois par mois à une clinique spécialisée, à près de cent quarante kilomètres de là.

— Mais moi je la trouve très bien, celle d'ici, proteste Sarah.

— Une fois par mois seulement, plaide sa mère ; ça nous ferait un petit changement d'air !

— Toi, ça te plairait peut-être, mais pas moi.

— Mais enfin, c'est à peine croyable, s'exclame le Dr Bodinnick. A t'entendre, on jurerait que tu ne tiens pas à aller mieux. Peux-tu me dire ce que tu as contre cette clinique que tu ne connais pas ?

— Je sais ce qu'ils vont dire. Je les entends d'ici.

— Ah oui ? Et quoi donc ?

— Ils vont dire qu'il me faut deux piqûres par jour.

— Tu n'en sais rien du tout, pas plus que moi.

— Oh ! combien je parie ? Oui, eh ben moi, je vous le dis tout de suite, deux piqûres par jour, pas question !

— Ce serait bien ennuyeux, c'est vrai, dit Mme Freeman. Alors qu'elle vient juste de se faire à l'idée d'une piqûre...

— Ecoute, dit le docteur en regardant Sarah dans les yeux. C'est ta santé qui a priorité, tout le reste vient après. Et tu vas aller à cette clinique, et tu feras comme on

te dira de faire là-bas, un point c'est tout.
Sarah peste tout bas.

L'inscription demande un mois ; c'est toujours un mois de sursis. Mais même les sursis ont une fin, et par un matin d'automne Sarah et sa mère prennent le train pour se rendre à cette fameuse clinique. Sarah boude avec ostentation. Elle ne veut rien changer à ses habitudes, elles lui ont coûté bien assez cher, et après tout elle ne se sent pas si malade. Dire que cette satanée Jane n'a pas cessé de radoter sur la chance qu'avait sa sœur d'aller faire un tour en ville !

La pluie zèbre de biais la vitre froide du compartiment. Dehors, les coteaux montent et s'abaissent, selon que le train s'enfonce entre deux talus escarpés ou s'élance sur un viaduc comme s'il partait à l'assaut du ciel. Hormis quelques moutons et des vaches, la campagne est déserte. Même les villages ont l'air vides d'habitants, et sur les quais des petites gares que le rapide brûle sans ralentir on n'aperçoit pas âme qui vive. Les haies sont rousses, les arbres perdent leurs feuilles.

Et soudain, Sarah se souvient. Ce train,

elle l'a déjà pris une fois. Quand elle était petite, pour une promenade scolaire. La maîtresse avait demandé à ses élèves de noter dans un carnet tout ce qu'ils voyaient d'intéressant. Sarah devait avoir neuf ans, elle n'était pas encore diabétique. Son cœur se serre à ce souvenir. Elle s'oblige à se replonger dans la lecture de son magazine.

De la gare à la clinique, il y a près d'une demi-heure de marche.

— Si on prenait un taxi ? suggère Sarah qui traîne la patte.

— Pas question ! s'offusque sa mère.

Et pourtant, même une fois là-bas, il reste des kilomètres de couloirs. Enfin, elles parviennent à trouver l'aile réservée aux diabétiques. La salle d'attente est bondée.

L'hôtesse d'accueil envoie Sarah faire la queue à une sorte de guichet. En s'approchant, Sarah constate qu'on y fait des prélèvements sanguins. Armé d'un instrument qui ressemble à un stylo, un infirmier tire quelques gouttes de sang du pouce de chacun des patients. Appréhensive, Sarah tend le sien. Ouf, ça ne fait pas mal du tout.

Elle dépose sur un chariot son flacon d'urine, et passe à la pesée. Non loin de là, un distributeur automatique propose des boissons chaudes. Une pancarte sur la machine rappelle que le café est servi sucré, à moins de presser sur un bouton spécial. Sarah appuie sur le bouton indiqué. Elle n'a plus jamais d'édulcorant sur elle, elle n'en éprouve même plus le besoin. Simple question d'habitude. En fait, si par erreur elle trempe les lèvres dans du café sucré, elle n'arrive même pas à le boire.

Il ne lui reste qu'à attendre d'être appelée auprès d'un médecin. Elle observe les patients autour d'elle. Plusieurs d'entre eux ont des béquilles. Elle chuchote à sa mère :

— Tu as vu ? Il y en a qui sont infirmes. Pourquoi ?

— Parce que le sucre tend à s'accumuler dans les extrémités, surtout les membres inférieurs. Si le taux de sucre dans le sang s'élève trop, les pieds en particulier peuvent être gravement affectés.

— Ah bon.

A l'autre bout de la salle, une vieille dame dans un fauteuil roulant a été amputée d'une jambe. Sarah détourne les yeux.

— Mais ça n'a rien d'inévitable, ajoute sa mère, toujours à voix basse. La dame que tu vois là-bas n'a sans doute reçu aucun

traitement à ton âge. Pas sûr que le traitement ait déjà existé, d'ailleurs !

Enfin une infirmière appelle Sarah et les introduit, sa mère et elle, dans le cabinet du docteur. En plus du spécialiste à son bureau, il y a deux autres médecins dans la pièce, un homme et une femme. Des blouses blanches, Sarah en a vu beaucoup. Elles ne l'impressionnent plus du tout.

Le spécialiste écoute l'histoire de Sarah en hochant la tête. Lorsqu'il apprend que pendant un an elle n'a eu droit qu'à un régime et des comprimés, il a l'air accablé.

— Eh bien, dis donc. Tu en as vu de dures !

Sarah consulte sa mère du regard.

— Bien, reprend le médecin. L'objectif numéro un, c'est que tu sois heureuse et bien dans ta peau. Et que tu te nourrisses avec plaisir.

Sarah esquisse un sourire de triomphe, mais sa mère paraît inquiète.

— Entendons-nous, précise le médecin. Il ne s'agit pas de manger n'importe quoi, et tu devras toujours éviter ce qui contient du sucre, bien sûr. Mais tu n'as pas à rester sur ta faim. L'idée, c'est d'adapter l'insuline à tes besoins et non l'inverse. J'aimerais que tu voies la diététicienne tout à l'heure, elle pourra t'aider à tirer au clair ce qu'il est possible de faire dans ce sens.

— Et je n'aurai pas besoin de deux piqûres par jour ?

— Pas pour le moment. Il n'est pas exclu qu'on y vienne, cela dit. Tu fais partie de ces patients dont le taux de sucre paraît terriblement instable, avec des pics et des creux terribles sans qu'on sache réellement pourquoi. Si bien que deux injections par jour permettraient de contrôler le tout beaucoup mieux. Mais ce mois-ci, nous nous contenterons d'une. L'important, c'est de déterminer le taux exact d'insuline dont tu as besoin, en fonction de ton régime alimentaire et des résultats de ton examen sanguin. Ha ! et puis, très important : je veux que dans les semaines à venir tu notes de façon régulière les résultats de tes examens d'urine.

Ce disant, il lui tend un carnet qui ressemble à un agenda, avec les jours de la semaine. Chaque jour est partagé en trois, matin, après-midi et soir.

— Je ne te demande pas de faire ces examens trois fois par jour, non, mais fais-les tout de même le plus régulièrement possible, et à des heures différentes de la journée, d'accord ? De cette façon, je verrai mieux à quels moments tes besoins en insuline sont le plus forts. Vu ?

— Oui, dit Sarah en prenant le carnet.

— Voilà. Et si pour finir nous décidons qu'il vaut mieux pour toi passer à deux piqûres par jour, ce ne sera pas si terrible, va. Dis-toi bien qu'en résultat c'est moitié moins d'insuline à injecter d'un coup, d'autant qu'on peut même passer à une forme plus concentrée, ce qui fait encore moins de liquide. Et tu verras la différence ; l'important, c'est de se sentir mieux.

La dame en blanc emmène Sarah dans une pièce voisine, et toutes deux travaillent à la mise au point d'un régime alimentaire qui lui convienne en tout point.

— Qu'est-ce qui te ferait envie, pour le petit déjeuner ? On peut commencer par un pamplemousse, avec des céréales ou du porridge. Et ensuite, ça te dirait quelque chose, du bacon et un œuf ? Combien de tranches de pain aimerais-tu ?

Sarah n'en croit pas ses oreilles. C'est le grand luxe !

Tout de même, se dit Sarah qui n'a pas renoncé, tout de même, un chien, ça se dresse. Les Opie apprennent aux leurs à rassembler les moutons — sans parler des chiens de chasse et des chiens savants dans les cirques. On devrait donc pouvoir dresser un chien à faire pipi sur commande. Hélas ! Charlotte a beau être prête à tout pour faire plaisir à sa maîtresse, elle n'a pas l'air de bien saisir ce que Sarah attend d'elle. Tout ce qu'elle sait faire, c'est présenter son ventre à la caresse, l'air de se confondre en excuses, et remuer la queue avec frénésie.

— Grosse maline, va ! lui dit Sarah. Tu es encore pire que moi !

Le petit carnet bleu donné par le médecin est resté vierge d'inscription.

Pourtant, Sarah a tout essayé. A peine rentrée de classe, elle va trouver Sam dans son pré pour lui apporter du fourrage, la pâture ne suffisant plus. Elle prend Charlotte avec elle, en laisse, sans lui permettre la moindre halte. Et tous les soirs, c'est le même scénario. Sarah prend le récipient de fer blanc, qu'elle range désormais dans la maisonnette du poney, et elle tente d'y attirer la chienne. La chienne a besoin de faire pipi, et même d'urgence, mais cette casserole ne l'inspire pas. Elle attend stoïquement que Sarah la libère pour bondir dans un coin du pré et s'y soulager en hâte. Sarah a même essayé de déposer la casserole à l'emplacement stratégique. Peine perdue.

Un soir, prise d'une inspiration, Sarah arrache une énorme touffe d'herbe, avec sa motte et ses racines, une touffe sur laquelle la chienne a souvent apposé sa signature, et elle la place dans la casserole de fer blanc. Elle y conduit la chienne. Charlotte flaire longuement, enjambe le récipient, s'accroupit par-dessus.

— Oui, voilà ! exulte Sarah. Alors là, tu sais, tu es vraiment mignonne.

Et elle couvre la chienne de caresses.

Evidemment, la partie n'est pas gagnée. La terre de la motte a bu l'offrande, mais malgré tout il y a progrès. Peut-être qu'à la longue, à force d'associer touffe d'herbe et casserole, la chienne finira par faire pipi dans le récipient, même vide ? C'est ce que Sarah espère, sans trop oser y croire.

Un jour enfin, après maints essais infructueux, Sarah subtilise la touffe d'herbe et dit à la chienne :

— Sois gentille.

C'est devenu le mot clé, Sois gentille.

Docile, Charlotte abaisse l'arrière-train. Sarah la hale vers la casserole. La chienne hume — et s'exécute.

Sarah se retient de rugir de triomphe. Sa patience est récompensée ! Elle ouvre les bras, étreint Charlotte.

— Oh, le bon chien, le gentil chien ! Tu es adorable, tu sais !

Il lui a fallu sept semaines pour arriver à ses fins.

Sarah n'a encore jamais effectué elle-même son examen d'urine ; elle a toujours laissé cette corvée à sa mère. Mais elle connaît le processus, qui est d'ailleurs des plus simples.

Au petit jour, le lendemain de son triomphe, elle court au pré de Sam sitôt sa piqûre faite. L'air est froid et humide, la brume s'accroche aux arbres des talus. Sur les ajoncs, les toiles d'araignées s'ornent de grosses gouttes comme des perles. Il fait encore à peine jour et Sam se fond avec la brume, gris sur gris. Sarah va prendre dans l'écurie la casserole au précieux liquide, laissée là pour la nuit afin de n'intriguer personne.

De retour à la maison, elle se coule dans

la cuisine, allume, s'installe devant l'évier. Elle remplit d'urine le compte-gouttes, prend l'éprouvette, y verse les cinq gouttes rituelles. Elle rince le compte-gouttes, le remplit d'eau claire, ajoute dix gouttes d'eau à l'urine. Maintenant, bien mélanger. Elle imite le mouvement tournant de sa mère, laisse le tourbillon se calmer, y plonge le comprimé de réactif. Le liquide bouillonne, se teinte de brun boueux puis d'orange vif.

— Oh ! la vilaine ! dit-elle à la chienne.

Charlotte, qui suit l'opération, laisse tomber sa queue à la verticale.

— Voyons sur le tableau témoin ! Hou là, plus de deux pour cent ! Tu te rends compte ? Alors qu'il faudrait rester en dessous de un !

Mais Charlotte a l'air si malheureuse qu'elle la caresse pour la rassurer.

Puis elle répète l'opération pour elle-même. Elle a prévu cet alibi, pour le cas où sa mère remarquerait que le matériel a servi et poserait des questions. Le liquide bouillonne et tourne au vert olive. Sarah vérifie le résultat sur le tableau.

— Zéro soixante-quinze pour cent, ou pas loin de un, quelque chose comme ça. Pas si mal ! (Elle se tourne vers la chienne.) Il faudra que tu arrives à faire aussi bien, toi aussi !

Elle rince les ustensiles avec soin et les range. Elle se lave les mains longuement. Si sa mère la surprenait maintenant, elle aurait droit à un sermon, pour être sortie après sa piqûre sans prendre le temps de manger. Elle se prépare un petit déjeuner en hâte : bacon grillé, œuf brouillé, deux toasts, et une grande tasse de lait avec des corn flakes.

Tout en déjeunant, elle songe à Charlotte. Le résultat obtenu n'est pas vraiment une surprise. Elle en aurait mis sa main à couper, que sa chienne était diabétique. Tout le problème, maintenant, est de décider que faire.

En parler à ses parents ? Ils ne voudront sans doute rien savoir. Pas question de soigner Charlotte, en tout cas, le traitement reviendrait trop cher, plus qu'ils ne peuvent se le permettre. Mieux vaut donc ne rien leur dire.

Sarah prend son petit carnet bleu, inscrit la date sous le premier samedi, puis 0,75 dans la colonne du matin. Après quoi, exhumant d'un tiroir le petit agenda reçu à Noël et resté blanc de neige à partir de février, elle inscrit 2 % pour Charlotte. L'agenda dûment remisé au fond de son tiroir, elle redescend préparer le thé pour ses parents.

— Mon dieu, s'écrie sa mère. Et moi qui voulais me lever la première ! M'as-tu laissé un échantillon dans la salle d'eau ?

— Non.

— Oh, chérie ! C'est la semaine prochaine que nous retournons à la clinique, et nous n'avons encore rien noté. Je me demande ce que va dire ce médecin...

— J'ai fait le test moi-même, dit Sarah. C'était 0,75 ce matin.

La mine éberluée de sa mère est encore un petit triomphe.

Le lendemain matin, elle teste à nouveau ses urines. Déception : le liquide tourne à l'orange vif. C'est absurde. Elle a respecté à la lettre le nombre de calories autorisées, ne s'est permis aucun extra, aucune douceur supplémentaire. Bien plus, elle a pris de l'exercice tout l'après-midi d'hier. Il n'y a vraiment aucune raison pour qu'elle dépasse les deux pour cent, et pourtant le fait est là, indéniable. Cette couleur orange ne trompe pas.

Elle ne teste pas l'urine de Charlotte. Elle lui a fait faire pipi dans le récipient consacré, mais c'était seulement pour que la chienne ne risque pas de perdre le pli. Faire le test aujourd'hui ne rimerait à rien : il y a gros à parier que le résultat serait le même qu'hier.

— Toi et moi, on fait bien la paire ! dit Sarah à la chienne en dosant l'insuline dans sa seringue.

Sa piqûre faite, Sarah hésite. Elle jette un coup d'œil à la chienne, puis à l'aiguille qu'elle s'apprête à jeter.

Charlotte a besoin d'insuline. Faute d'en recevoir, elle n'a sans doute plus longtemps à vivre.

Et si Sarah lui en donnait un peu de la sienne ?

Mais ce n'est pas si simple. Voilà déjà plusieurs jours qu'elle hésite. Le danger, c'est de faire plus de mal que de bien. Sarah n'est pas vétérinaire, elle est loin d'en savoir long. Et si elle tue Charlotte en voulant la sauver ?

Mal dosée, l'insuline est une substance redoutable, Sarah le sait. D'ailleurs, rien ne dit que les chiens n'aient pas besoin d'un autre type d'insuline... D'un autre côté, raisonne-t-elle, l'insuline qu'on lui prescrit provient d'animaux, sauf erreur. Par conséquent, il est vraisemblable que celle qu'on administre aux chiens est exactement la même. Reste la question du dosage. Peut-être qu'en commençant par une très petite dose — quitte à l'augmenter peu à peu par la suite —, l'opération serait sans danger ? Il devrait suffire de tester l'effet produit après chaque nouvelle dose...

Autre problème : comment faire en sorte que la consommation accrue d'insuline n'attire pas les soupçons des adultes ? Là encore, tout dépend des doses injectées à la chienne. Si elles restent minimes, le prélèvement devrait pouvoir passer inaperçu. Il y a toujours un peu de perte : les fins de flacons, les maladresses... Avec un brin de chance cela devrait suffire.

Mais comment décider de la dose à injecter à la chienne ? Pour Sarah, le calcul est simple : sa dose à elle est fonction du nombre de calories ingérées dans la journée. Oui, mais combien de calories Charlotte absorbe-t-elle pour sa part ? Difficile à dire.

Quelque chose comme la moitié de ce que consomme Sarah, environ ?

Peut-être que son poids fournirait une indication ?

— Viens par ici, ma belle. Voyons. Combien tu pèses, à peu près ?

Elle noue les bras autour de la chienne et soulève. Pas moyen de faire décoller les pattes de derrière. Charlotte prend l'opération pour un jeu et plaque lourdement ses grosses pattes de devant sur les épaules de Sarah. Toutes deux s'effondrent contre la table.

— Hé ! doucement ! On va réveiller tout le monde !

La chienne n'est pas légère, c'est tout ce que Sarah peut conclure. Mais peut-être est-ce simplement parce qu'elle n'est pas commode à manier. Bon, tant pis. Au jugé, elle doit faire à peu près la moitié du poids de Sarah.

Sarah calcule de tête, rapidement. Depuis sa visite à la clinique, sa propre dose a été fixée à quarante-quatre unités par injection. Pour la chienne, qui pèse moitié moins, la dose idéale devrait donc correspondre à une vingtaine d'unités, par là. Par mesure de sécurité, mieux vaudrait s'en tenir à dix pour commencer.

Exécution.

Sarah reprend sa seringue, retire le dispositif de protection, replonge l'aiguille dans le flacon d'insuline... Tout compte fait, elle s'en tiendra à huit unités. Surtout, ne pas prendre de risques.

— Bon, j'espère que tu n'as rien contre mes microbes, souffle-t-elle à la chienne.

Une chance que désormais elle utilise des aiguilles jetables ! Elle espère simplement que la chienne ne risque pas d'infection grave, due à l'emploi d'une aiguille ayant servi à sa maîtresse. Mais à la réflexion un diabète non soigné représente un risque autrement sérieux ; il est donc permis de fermer les yeux.

Sarah s'assied par terre près de la chienne et l'enlace. Une chance aussi qu'elle ait appris à faire sa piqûre d'une main ! Grâce à quoi, il lui est facile de caresser Charlotte de l'autre et de distraire son attention tout en plantant l'aiguille dans le gras d'une patte arrière. Apparemment, la chienne ne s'aperçoit de rien. Sarah presse sur la seringue d'une main ferme. Terminé.

C'est terminé, mais l'angoisse commence.

Sarah se tourmente. Elle n'aurait jamais dû aller jusqu'à huit unités. C'est beaucoup trop, sûrement ; elle n'a aucune idée de ce qu'est censé recevoir un chien diabétique. Prise de nausée, elle observe la chienne. Pas de réaction visible. Le calme plat. Pour le moment.

Toute la journée, Sarah ne quitte pas sa chienne un instant. Le soir venu, elle n'y tient plus. Il faut faire un examen d'urine. De toute urgence.

— Je pense qu'un petit test du soir ne serait pas plus mal, annonce-t-elle à sa mère en sortant le matériel. Jusqu'ici, je n'ai de résultats que pour le matin.

— Excellente initiative, dit sa mère heureusement surprise.

Sarah s'enferme dans la salle d'eau.

Premier échantillon, le sien. Le liquide vire au bleu ; pas de sucre du tout. Oho ! il va falloir manger un morceau avant d'aller au lit. Sinon, le risque est grand de faire une hypoglycémie dans la nuit. C'est la hantise de Sarah : tomber dans le coma et ne pas s'éveiller.

Second échantillon, celui de Charlotte. Sarah tremble. Inutilement : le liquide est brun olivâtre — un à deux pour cent de sucre environ. C'est encore trop, bien sûr, mais l'injection a produit son effet. Il ne reste plus qu'à augmenter la dose prudemment.

Sarah rince le matériel. Elle se sent tout à coup prise d'une immense fatigue. C'est le contrecoup de cette rude journée, sûrement. Heure après heure elle a monté la garde, redoutant à chaque instant une réaction violente chez la chienne. A présent que tout est terminé, elle n'en peut plus.

Au fait, elle est dans le bleu, aussi ; les deux sont liés. Elle se fait une tasse de café et un gros sandwich au fromage.

Quelques jours après sa seconde visite à la clinique, un courrier annonce à Sarah la nouvelle tant redoutée : elle va devoir passer à deux injections par jour. Le billet précise le nom de l'insuline conseillée et la quantité à administrer. Sarah doit se rendre chez le Dr Bodinnick pour obtenir la prescription requise, et lui rapporter par la même occasion le restant de son ancienne insuline. C'est l'occasion rêvée d'en mettre un peu de côté pour Charlotte. Sarah en oublie trois flacons, qu'elle relègue au fond de son tiroir. Evidemment, tôt ou tard, il faudra bien mettre Charlotte à la nouvelle insuline, mais en attendant...

Mme Freeman voit ce changement d'un œil inquiet.

— Au moindre problème, prévenez-moi, a dit le Dr Bodinnick.

Le jour où elle inaugure sa nouvelle insuline se trouve être un cinq novembre, Guy Fawkes'Day* : pas de congé scolaire, mais une grande fête dans la soirée, avec des feux de joie, des pétards... Sarah songe à cette insuline qui se répand à travers ses veines, il lui semble qu'elle la sent bouillonner, brûler le sucre avec ardeur à la façon des feux de Bengale.

A son retour de classe, sa mère est là qui l'attend.

— Je te prépare ta piqûre, d'accord ?

— Non merci, tu sais bien, je te l'ai dit : je ne veux plus que tu me le fasses. Il vaut beaucoup mieux que je garde le matériel dans ma chambre, et je m'en occuperai moi-même.

* Anniversaire de la capture de Guy Fawkes, qui tentait de faire sauter le Parlement britannique, en 1605.

— Tu es sûre que tu feras bien attention, pour le dosage ?

— Mais oui, ne t'en fais donc pas !

Elle exécute sa seconde piqûre de la journée et troque son uniforme de collégienne contre un jean.

— Alors, c'est fait ? demande sa mère au bas de l'escalier.

— Evidemment, que c'est fait ! s'exaspère Sarah.

Décidément, sa mère a l'air prête pour une grande scène de l'acte trois.

Ce soir, Sarah et Jane vont chez les Opie pour le feu de joie. Leur père les a chargées d'apporter quelques pièces de feu d'artifice, pour faire bonne mesure. Fusées, chandelles romaines, tourbillons de feu incendient le ciel avec panache jusqu'à une heure avancée de la nuit.

Chapitre 15

— Je ne sais pas ce qu'a cette bête, fait observer Mme Freeman. Depuis ce matin, elle ne fait que dormir.

Sarah se lève d'un bond en faisant grincer sa chaise et se précipite vers le panier de Charlotte. D'ordinaire, en rentrant de classe, elle commence par promener la chienne, mais aujourd'hui elle l'a trouvée paisiblement endormie, si bien qu'elle a décidé de faire ses devoirs d'abord.

— Charlotte ! Houhou ! Charlotte, ho Charlotte !

La chienne respire lentement, comme plongée dans un sommeil profond. D'ordinaire, dès qu'on prononce son nom, elle s'éveille à la seconde, frétillante, prête à bondir.

Sarah avance la main, secoue la chienne doucement, ébouriffe les poils de sa tête. D'un doigt précautionneux, elle soulève une paupière. Charlotte soupire dans son sommeil et remue vaguement.

La chienne est dans le coma. Sarah en est certaine. Mais comment est-ce possible, comment ? Ce matin, Charlotte a eu sa piqûre, comme tous les deux jours, selon le dosage habituel. Sarah reste d'une extrême prudence sur ce point, elle veille à administrer à la chienne plutôt moins d'insuline qu'il ne serait souhaitable ; d'ailleurs jamais l'échantillon d'urine n'a viré au bleu un tant soit peu, et le petit agenda n'a enregistré que des chiffres juste au-dessous du deux pour cent. Qu'a-t-il bien pu ce passer cette fois-ci ?

Du sucre. Il lui faut du sucre, et vite. Mais comment le lui administrer sans attirer l'attention ? Sarah jette un coup d'œil circulaire. Sa mère est dans la pièce voisine. Inutile d'espérer transporter Charlotte où que ce soit. Il faut la soigner sur place ; c'est la seule solution.

Dans la bouilloire à thé, l'eau est encore chaude. Sara en verse dans une écuelle, elle y ajoute du sucre et tourne avec une cuiller.

— Qu'est-ce que tu fais ? demande sa mère qui vient d'entrer.

Sarah ne répond pas. Tenter de faire croire que c'est pour elle ne ferait qu'aggraver les choses. De toute façon, sa mère a deviné.

— Tu ne vas pas lui donner ça ; ça ne servira à rien.

Sarah tourne sa cuiller dans le breuvage, et ajoute quelques gouttes d'eau froide.

— Elle n'a pas besoin de sucre, tu devrais le savoir.

— Si, elle en a besoin.

— Non. Si elle est dans le coma, c'est parce que au contraire elle a trop de sucre.

Sarah s'agenouille près de Charlotte, pose l'écuelle sur le carrelage. Mais toutes les caresses n'y font rien, la chienne est dans un coma trop profond, elle ne boira pas d'elle-même.

— Sarah. Tu vas aggraver son état, c'est tout.

— Je lui ai fait une piqûre, ce matin, se contente de dire Sarah.

Sa mère la regarde sans mot dire. Elle s'agenouille à son tour. Sarah ouvre la gueule de la chienne et sa mère y verse avec précaution l'eau sucrée. Il en coule un

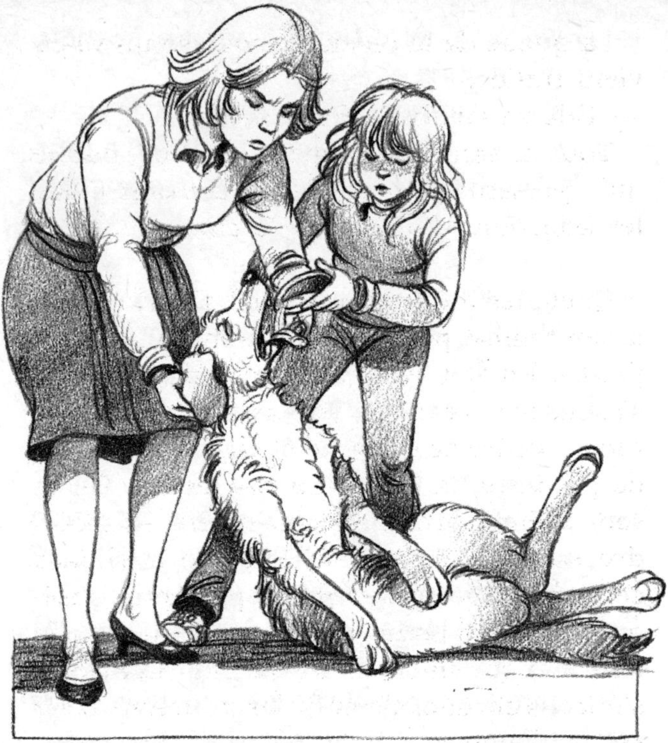

peu à côté, mais la majeure partie disparaît dans le gosier rose.

Les paupières de la chienne papillotent. Elle tente de fermer la gueule et de détourner la tête, mais Sarah tient bon. Charlotte ouvre les yeux, elle se débat plus fort. Alors Mme Freeman pose l'écuelle sur le sol.

— Bois, ma belle, bois ! dit Sarah.

La queue de la chienne esquisse un va-et-vient timide.

— Elle va mieux ! s'écrie Sarah.

Tout à son soulagement, elle en oublie qu'à présent sa mère est au courant, pour les injections d'insuline à la chienne.

Quelques minutes plus tard, Charlotte est assez remise pour tenir à nouveau sur ses pattes. En fait, elle commence d'abord par s'excuser à sa façon, par son manège habituel, posture de carpette et vigoureux coups de plumeau, la queue au ras du sol. On la sent prête à présenter son ventre au moindre soupçon de reproche, prête à plaider coupable. Sarah n'apprécie pas cette obséquiosité et, pour y couper court, elle entraîne la chienne au jardin. Charlotte s'étire, s'ébroue, s'emplit les poumons d'air vif et s'élance sur la pelouse, fringante, prête au jeu. Difficile d'imaginer qu'il s'agit là du chien qui se mourait dans son panier il y a cinq minutes à peine.

Mais Sarah préfère la calmer. Trop d'exercice n'est sans doute pas recommandé aussitôt après un coma. Pas de folles poursuites pour Charlotte ce soir, tout juste une petite promenade de convalescent le long des allées. D'ailleurs, il commence à faire frais, le plus sage est de rentrer.

Mme Freeman est encore dans la cuisine. Charlotte file à son panier, Sarah s'assied devant ses cahiers, ouvre un livre. Jane n'est pas là. Absence suspecte. Leur mère lui aurait-elle conseillé de se tenir à l'écart ?

— Tiens ? Où est passée ma trousse ? demande Sarah en fouillant son cartable.

— Tu la chercheras tout à l'heure, dit sa mère.

— Eh, mais il faut que je fasse mes devoirs, moi ! Et pour ça, j'ai besoin de ma trousse.

— Sarah, je voudrais te parler d'abord. Qu'est-ce que c'est que cette histoire de piqûre à la chienne ?

— Je te l'ai dit, répond Sarah. Bon sang, où est ma trousse ?

— Et depuis quand dure ce petit manège, on peut savoir ?

— Trois mois. A peu près.

— Et combien lui donnes-tu, chaque fois ?

— Oh ! pas beaucoup.

— Mais tu sais que tu pourrais la tuer, à t'amuser comme ça à lui faire des piqûres ?

— Ce n'est pas pour m'amuser, Maman. Il les lui faut.

— Qu'en sais-tu ? Le vétérinaire lui-même a dit que ce n'était qu'une hypothèse.

— Je lui ai fait des examens d'urine. Résultat, c'était orange vif. J'ai réussi à la faire redescendre dans le vert. Il n'y a qu'aujourd'hui... Aujourd'hui, je ne vois vraiment pas ce qui a pu se passer.

— A quel rythme les lui fais-tu, ces piqûres ?

— Tous les deux jours.

— Te rends-tu compte du prix de l'insuline ?

— M'est égal.

— Mais elle n'est pas à toi, cette insuline, Sarah. Tu n'as pas le droit de la gaspiller !

— Ce n'est pas du gaspillage, pas du tout. En plus, elle vient des animaux, cette insuline*, alors je ne vois vraiment pas pourquoi les animaux n'y auraient pas droit. On ne les a pas payés pour ça, que je sache !

— Ce n'est pas bien, Sarah.

— De toute façon, quelquefois, c'est moi qui en prends moins, et dans ce cas-là je mange un peu moins, c'est tout. Donc, ça fait moins de dépense, et j'ai bien le droit de reporter ça sur Charlotte.

* Il existe désormais une insuline de synthèse.

— Sarah ! C'est dangereux, ce jeu-là ! Tu n'as pas à traficoter sur les quantités que tu absorbes.

— Et alors, ça ne m'a pas fait de mal, apparemment, si ? Voilà des semaines que je tiens la grande forme. Je n'ai jamais été aussi bien. Ne t'en fais pas, je connais parfaitement mes besoins, maintenant, va. Je les sens.

— Tu ne dois plus donner de ton insuline à Charlotte, Sarah.

— Et pourquoi ?

— Parce que ça ne se fait pas. On ne donne pas d'un médicament si coûteux à un animal.

— Je vois mal comment tu m'en empêcherais.

— En tenant le matériel sous clé, et en te donnant ta seringue toute prête, avec juste la quantité nécessaire pour toi. Comme autrefois.

— Je ne m'injecterais pas tout, et je donnerais le reste à Charlotte.

— Je le dirai au Dr Bodinnick.

— Tant que tu voudras.

— De toute façon, dès demain j'emmène cette chienne chez le vétérinaire.

— Et tu accepteras de payer pour la soigner ?

— On verra d'abord ce qu'il dira.

Sarah sent monter sa colère. Le sang bouillonne à ses tempes. Il y a des mois qu'elle n'a pas senti ce volcan s'éveiller en elle. Elle jette à la tête de sa mère, aboyant presque :

— Tu le sais très bien, que tu ne voudras pas payer ! C'est trop cher. Tu n'aurais même pas assez d'argent, alors !

— Il prescrira peut-être seulement des comprimés.

— Tu sais bien que ça ne sert à rien ! Il lui faut de l'insuline, et tu me défends de lui donner de la mienne. Tu la tuerais, si tu le pouvais. Oh ! je te déteste !

Elle s'élance vers l'escalier et Charlotte, la queue basse, la suit dans sa chambre. Là, Sarah se jette sur son lit et, serrant la chienne contre elle, s'abandonne aux sanglots.

Le plus gros de la crise passé, elle se rassied, se fait sa piqûre. Charlotte a eu la sienne ce matin. Pour une fois, hélas, il lui aurait sans doute fallu une dose moins forte. Brave Charlotte. Elle se laisse piquer sans une plainte, avec une confiance absolue. Sarah la contemple, le cœur gros. Comment la sauver ? Que faire ? Personne d'autre ne semble chercher à la maintenir en vie. Ce constat rend Sarah si misérable que les larmes reviennent en force. Ses sanglots se font convulsifs.

Après quelques minutes, sa mère la rejoint dans sa chambre. Elle veut savoir si Sarah n'a pas oublié sa piqûre. Sarah tente de répondre, mais elle hoquette si fort que sa mère ne comprend rien.

Mme Freeman avise la seringue vide sur la table de nuit.

— Ah ! Tu y as pensé, c'est bien. Maintenant, il faudrait que tu manges quelque chose.

— Je... J'ai... J'ai...

— Allons, allons, Sarah. Qu'est-ce qu'il y a ?

— Je... J'en ai pris trop !

— De quoi ? De l'insuline ?

— Oui ! J'ai forcé la dose !

— Oh ! Non, non ! Et combien donc en astu pris ?

— Plein.

— Mais combien ?

— Tout ce que j'ai pu mettre dans la seringue !

— Ooh ! Sarah ! Mais qu'as-tu fait ? (Mme Freeman prend le pouls de sa fille, le relâche, se précipite sur le palier.) David ! David ! Appelle le docteur, vite !

Elle revient vers Sarah avec une tasse d'eau sucrée.

— Avale ça, tout de suite. Vite.

Mais Sarah fait non de la tête et redouble de sanglots, le visage enfoui dans la fourrure de sa chienne. Sa mère n'arrive pas à lui faire redresser la tête.

Le Dr Bodinnick gravit l'escalier à grand bruit. Il s'assied sur le lit, hors d'haleine, prend le pouls de Sarah et ouvre sa mallette.

— Rien d'autre à faire maintenant que d'attendre qu'elle tombe dans le coma. Ce qui ne devrait pas être long, si elle a tant forcé la dose.

Ils attendent tous, assis au bout du lit. Sarah garde obstinément le visage enfoui dans la fourrure de Charlotte. De temps à autre, sa mère l'en détache d'une main ferme, pour vérifier qu'elle n'a pas perdu conscience.

Sarah reprend sa position.

Au bout d'un moment, le Dr Bodinnick interroge :

— Sarah, réponds-moi franchement. Combien d'insuline as-tu pris ?

Sarah fait la sourde oreille.

— Sarah, réponds au docteur ! ordonne sa mère en essayant de l'asseoir de force. (Sarah a les yeux fermés.) Oh ! Vite, elle est en train de perdre conscience.

Le docteur reprend son pouls et dit de sa voix sonore :

— Sarah ? Tu n'as pas dépassé la dose du tout, dis-moi ?

— Sarah ! s'écrie sa mère, en lui imprimant une secousse.

Sarah se jette à nouveau contre Charlotte, en hoquetant de plus belle.

— Je préfère rester, dit le docteur, toujours assis au bout du lit. On ne sait jamais. Quoique à mon avis, elle a peut-être cru forcer la dose, mais elle n'a pas dû en prendre tant que ça. Je vais vous donner un petit calmant pour elle, quelque chose de doux, au cas où elle tomberait dans le coma pendant son sommeil.

Il reste assis là plus d'une heure. Sarah refuse toute nourriture. Elle n'accepte l'idée de manger qu'après le départ du médecin.

Sa mère lui monte un plateau : un œuf brouillé sur un toast.

— Franchement, Sarah, tu exagères ! Faire perdre son temps au médecin de cette façon !

Sarah ouvre la bouche pour la première fois depuis le début de la scène :

— Si vous m'interdisez de soigner Charlotte, je le ferai pour de bon.

Que ce soit ou non un effet de ce chantage, il n'est plus fait allusion à l'affaire, pas plus au crime de lèse Santé publique qui consiste à soutirer tous les deux jours quelques gouttes d'une insuline destinée à un être humain pour en faire bénéficier un chien qu'au projet de conduire Charlotte chez le vétérinaire. Sarah reprend prudemment les injections régulières et sa mère ne pose plus de questions.

Sarah s'en veut de l'incident survenu à Charlotte. Mais il faut dire aussi que les choses sont plus difficiles depuis qu'elle utilise cette insuline concentrée. Respecter la dose exacte est nettement plus compliqué pour une quantité minime. Sarah a bien essayé de convaincre le spécialiste d'opter pour un produit moins fort, mais il n'a rien voulu savoir. A la clinique, on est très content de l'effet produit sur Sarah. Son taux de glycémie semble s'être stabilisé peu ou prou.

Sarah n'en dirait pas autant de Charlotte. Peut-être est-ce un effet de la mauvaise saison, mais elle passe de plus en plus de temps pelotonnée dans son panier. Il y a quelques semaines encore, au moindre bruit suspect dans l'entrée, elle s'asseyait, sur le qui-vive, prête à bondir pour la promenade. Un manteau décroché de sa patère, un cliquetis de laisse suffisaient à la mettre en transe. Même des mots anodins comme « promenade », « faire un tour », glanés dans la conversation de ses maîtres, lui faisaient dresser l'oreille. A présent, tout ce qui compte pour elle semble être de dormir, dormir encore et toujours. Sarah se demande si tous les chiens hibernent de cette façon.

A vrai dire, une fois dehors, elle est aussi vive que par le passé. Mais sa fourrure a quelque chose d'éteint, et son museau noir paraît moins humide que naguère. Sarah appelle le printemps de tous ses vœux. Avec les beaux jours, à coup sûr, Charlotte retrouvera son allant et le brillant de sa fourrure.

Mais le printemps revient, en douceur, et Charlotte tarde à reprendre du poil de la bête. Elle commence par muer de façon spectaculaire, et Mme Freeman se plaint amèrement de ces poils qu'on retrouve partout. Mais le poil neuf repousse rèche et terne. Cela dit, Charlotte redevient une fervente de promenade. Elle suit Sam à travers la lande sans donner signe de fatigue, même si l'heure qui suit le retour la trouve affalée sur le carrelage, de tout son long, épuisée.

Cet épuisement manifeste rappelle à Sarah les moments pénibles qu'elle a connus elle aussi, deux ans plus tôt, après les longues promenades en famille ou les journées à la plage. Elle prend la résolution de ne plus tant fatiguer Charlotte. Plus question de l'emmener partout, en particulier avec Sam. Une promenade toute sage, pour elle seule, dans la soirée, sera sans doute préférable. C'est un peu triste : Charlotte aime tant courir ! Mais c'est sûrement meilleur pour elle.

Un soir, en rentrant du collège, Sarah

trouve Charlotte à nouveau dans le coma. Mme Freeman est assise par terre à côté de son panier, qui lui caresse la tête doucement.

— Tu lui as donné du sucre ? demande Sarah.

— Ce n'est pas une hypoglycémie, dit sa mère.

— Oh. Comment tu le sais ?

— Je lui ai donné de l'eau sucrée, pour commencer, mais elle n'a pas réagi. C'est un coma diabétique.

Un coma diabétique. Le vrai coma. L'autre, le coma hypoglycémique qui provient d'un excès d'insuline, présente au moins l'avantage d'être assez aisément remédiable, pourvu qu'on intervienne à temps — Sarah est bien placée pour le savoir. Mais le vrai coma, elle le sait aussi, celui qui provient d'un excès de sucre dans le sang, est autrement grave. Sarah n'en a jamais souffert. Elle s'entend chevroter :

— Qu'est-ce qu'on peut faire ?

— J'ai appelé le vétérinaire.

— Tu ne le laisseras pas...

— Ne t'inquiète pas.

— Mais ça... ça ne va pas être trop cher ?

— Aucune importance.

Sarah lisse la tête de sa chienne, son échine, ses flancs creux. Charlotte ne bouge pas. Elle respire avec peine, les yeux clos.

— Merci Maman, souffle Sarah.

Elle parle à Charlotte, tout doucement. Promenade ? Sortir ? Faire un tour ? La chienne reste sans réaction.

— Et une piqûre ? songe Sarah. L'insuline devrait remettre les choses d'aplomb, non ?

— Non, c'est un effet à long terme. Tout ça joue sur des années, tu sais.

— Alors les piqûres que je lui ai faites n'ont servi à rien du tout.

— Tu ne peux pas savoir, Sarah. Peut-être que si, malgré tout, un peu. Seulement, il lui en aurait fallu beaucoup plus tôt.

Le vétérinaire arrive. Il ausculte la chienne, l'air grave. En présence de Sarah, il ne dit pas grand-chose. Mais au moment de partir, dans l'allée du jardin, il prend Mme Freeman à part et lui parle longuement, tandis que Sarah reste auprès de Charlotte.

— Elle est bien malade, dit Mme Freeman en regagnant la cuisine. Il ne faut pas se faire beaucoup d'illusions.

Charlotte meurt en mai, au plus resplendissant du printemps. Un après-midi, en rentrant de classe, Sarah trouve sa mère sens dessus dessous : Charlotte a disparu, elle s'en tient responsable.

— Elle était là tout à l'heure, au soleil, près de la porte. Il faisait si bon, devant la maison.

Dans les premiers temps, juste après l'arrivée de Charlotte, Mme Freeman avait la hantise de voir la chienne faire une fugue. Elle l'imaginait sur les routes, courant après les moutons, commettant mille méfaits. Des semaines durant elle l'a gardée à vue, enfermée dans la maison. Mais lorsque enfin la chienne a eu le droit de sortir à sa guise, il s'est révélé qu'en fait elle ne tenait même pas à sortir du jardin. Affaiblie comme elle l'était ces jours-ci, une fugue semblait moins probable encore.

— Elle était là il y a deux heures à peine.

Le soleil a baissé, mais les pierres ont gardé la chaleur de l'après-midi. De Charlotte, plus trace.

Sarah et sa mère l'appellent, d'abord dans le jardin, puis sur la route.

— Charlotte ! Chaarlo-otte !

Sarah monte au pré de Sam, sans cesser

d'appeler. Le ciel est d'un bleu profond. Les digitales dardent leurs hampes mauves au flanc des talus, le sentier s'étoile d'ail sauvage en fleur. Au portillon, Sarah fait halte, scrute les alentours. Charlotte n'est nulle part en vue.

Sam vient à elle d'un pas nonchalant. Elle lui tapote le mufle, inspecte l'écurie. Rien. Elle se remet en marche le long du talus, le poney sur ses talons.

Et là, elle aperçoit Charlotte, forme blonde allongée, tel un andain de foin, au pied des grosses pierres de la base du talus. Elle s'est fait comme un nid dans la fougère grand-aigle qui pousse au fond du pré, et elle s'y est blottie, le nez sous la queue.

Sarah la rejoint en courant. Charlotte a le souffle profond et lent, oh ! si lent ! Sarah l'enlace et la serre contre elle, elle l'étreint encore lorsque son souffle meurt. D'une main fébrile, elle cherche le cœur. Plus rien ne bat sous le poil rèche.

— Charlotte, oh ! Charlotte ! crie Sarah.

Sa mère et Jane s'avancent dans le pré. Avec Sam, longuement, elles font cercle en silence autour de Sarah et sa chienne.

Chapitre 16

Charlotte a été enterrée au jardin, sous l'un des pommiers tortueux, barbus de lichen gris. Le sol était pierreux, creuser la fosse n'a pas été simple. La bêche de M. Freeman tintait sans trêve contre la pierraille, il a déclaré forfait lorsque la lame n'a plus progressé.

Sarah a étendu Charlotte dans sa fosse, ils l'ont recouverte de terre sans plus de cérémonie. Il est resté un tas de pierres dont personne ne sait trop que faire.

Sarah s'en veut, elle se reproche de n'avoir pas su adapter les doses d'insuline à l'état de Charlotte. Si elle y était parvenue, Charlotte serait encore en vie.

— C'est ma faute, oh ! c'est ma faute,

murmure-t-elle comme son père achève d'égaliser le terrain.

— Absolument pas, dit sa mère. Personne ne pouvait plus rien pour elle.

— N'empêche, je ne l'ai pas sauvée.

— Personne n'aurait pu la sauver, il était beaucoup trop tard. Mais dis-toi que tu lui as donné un sursis de plus de six mois. C'est combien, ça, en termes de vie de chien ?

— Dans les trois, quatre ans pour un homme.

— Et surtout, un sursis de vie heureuse ! Je t'assure, ça en valait la peine. Tu n'as rien à te reprocher, crois-moi.

Mais Sarah l'entend à peine. Charlotte est morte, plus rien n'a d'importance.

Ils regagnent la maison à pas lents. Le soleil disparaît derrière le toit d'ardoise. Un vol de goélands regagne les îles à tire-d'aile. Soudain, un petit détachement s'écarte du gros de la troupe et amorce une descente en criaillant.

Charlotte leur aurait aboyé aux trousses, songe Sarah.

Charlotte...

Dans le courant de l'été, malgré les dénégations de Sarah qui assurait encore, le mois dernier, qu'elle n'aurait plus jamais de chien, la famille au complet va rendre visite à un élevage de labradors. Sarah y choisit le sien, un petit mâle de douze semaines. Il est de la même couleur que Charlotte, il a exactement la même robe, on pourrait le prendre pour son fils. Son nom était tout trouvé, rien à faire pour y résister : Charlie. Encore que Sarah se demande si ce nom conviendra vraiment à la dignité d'un chien adulte. Mais c'est un nom qui s'accorde si bien avec celui du poney ! Sam et Charlie, qui dit mieux ?

Il est tout rond, débordant de vitalité, il a des orteils parfaits et la poitrine profonde d'un petit mâle. Mme Freeman n'est pas si certaine que choisir un mâle soit une bonne idée :

— Il nous fera des fugues, je vois ça d'ici. Une chienne, c'est plus facile à garder à la maison.

— Et il courra après les moutons ! dit Sarah en singeant sa mère.

— Tu ris, mais ce sera à surveiller.

— Question d'éducation, Maman, tu verras. Et au moins tu n'auras pas à chasser du jardin trois douzaines de prétendants deux fois l'an !

Sarah a le cœur gonflé de joie à la pensée d'avoir de nouveau un chien à aimer — mais gonflé de chagrin, aussi, à l'idée que déjà on oublie un peu Charlotte. Mais non, on ne l'oubliera pas, personne ne l'oubliera, et c'est encore elle qu'on aimera dans Charlie.

Ce soir-là, dans son lit, non loin du chiot au fond d'un carton en compagnie d'une bouillotte chaude, Sarah pleure longuement Charlotte, et le chiot pleure ses frères et sœurs.

A l'automne suivant, au collège, Sarah passe une visite médicale de routine. Les parents y sont les bienvenus s'ils le désirent, mais c'est Sarah qui ne tient pas trop à la présence de sa mère. Quand on a onze ans, passe encore. Mais pas quand on approche de quatorze.

Jane lit d'un ton goguenard le formulaire à faire signer des parents que Sarah achève de remplir :

— « Problèmes particuliers concernant votre enfant dont vous aimeriez vous entretenir avec le médecin scolaire... »

— Mais tu ne viens pas, n'est-ce pas, Maman, dit Sarah.

C'est une affirmation beaucoup plus qu'une question.

— Ma foi non, dit Mme Freeman. Je ne vois pas de quels problèmes j'aurais à discuter.

La doctoresse commence par poser quelques questions de routine tout en remplissant une fiche.

— As-tu souffert d'une maladie grave ?

— Non.

La doctoresse feuillette le dossier.

— Mais tu es diabétique, n'est-ce pas ?

— Oui.

— Pour toi, ce n'est pas une maladie grave ?

— Non, dit Sarah.

La dame sourit. Sarah poursuit :

— D'accord, c'est quelque chose de sérieux. Il n'est pas question de faire comme si de rien n'était, ou de se dire qu'on s'en moque. Mais ce n'est pas vraiment une maladie.

— Qu'est-ce qui te fait dire ça ?

— Par exemple, ça n'empêche pas de vivre comme tout le monde. Au contraire, quand on est malade, il y a des tas de choses qui deviennent impossibles. Alors que moi, je peux faire tout ce que je veux — du poney, de la voile, de la natation...

— Sortir avec des copains ?

— Oui, pas de problème ! Bon, deux piqûres par jour, c'est la barbe, mais ce n'est pas comme d'être malade.

— Tu as raison, dit la doctoresse. Rien ne t'empêche de mener ta vie comme tu l'entends, et une vie parfaitement normale. Il n'y a aucune raison, plus tard, pour ne pas te marier et avoir des enfants — le risque de mettre au monde un enfant diabétique lorsqu'on est soi-même diabétique est relativement faible, une naissance sur cinquante. Et en principe toutes les professions te sont ouvertes, à l'exception d'un emploi dans l'armée ou de la conduite d'un véhicule de service public. Pas bien gros, comme handicap, si ?

Sarah sourit.

— Oh ! je ne te cache pas que certains employeurs peuvent se faire tirer l'oreille. L'Etat lui-même n'a pas toujours été des plus faciles. Je ne sais pas si les choses ont changé, mais il fut un temps où on n'acceptait pas les diabétiques dans certaines branches de la fonction publique. Mais l'ignorance a été battue en brèche un peu partout dans ce domaine, et le public lui-même en sait plus long qu'il n'y a pas si longtemps. Qu'est-ce que tu aimerais faire, plus tard ?

— Je voudrais être vétérinaire, dit Sarah. Je sais, des tas de filles de mon âge veulent être vétérinaire, mais ça ne dure pas. Mais je crois que je m'y tiendrai, et que c'est dans mes cordes. Tout n'est pas rose dans ce métier, je le sais très bien, mais je me sens capable de faire les choses désagréables aussi.

— Pas de problème pour toi dans ce domaine, en tout cas. (La doctoresse inscrit quelque chose sur sa fiche.) Tu sembles t'être très bien adaptée, dis-moi.

Sarah se met à rire.

— Oh ! c'est loin d'être parfait ! J'ai toujours un caractère de cochon, et quand je suis de mauvaise humeur...

— Ha, dit la doctoresse. Là, tu sais, tu n'es pas la seule. Nous en sommes bien tous un peu là, non ?

Peu avant Noël, Sarah s'attaque à une entreprise de grande envergure : ranger sa chambre à fond. Voilà une éternité que sa mère lui demande de se débarrasser d'un tas de petites saletés, comme elle dit, et avec les vacances Sarah n'a plus d'excuse.

Elle plante un grand carton au milieu du champ de bataille, et le remplit peu à peu de vieux magazines, de boîtes vides... Elle y jette les pantoufles que sa mère lui avait offertes pour son séjour à l'hôpital. Elles sont beaucoup trop petites à présent, et le chiot s'est fait les dents dessus.

Un à un, elle vide ses tiroirs. Certains contiennent des dessins qui datent de six ou sept ans. On y voit des poneys à foison, pattes courtes et ventre rond, à côté de filles aux cheveux de paille et aux jambes raides, trois fois trop longues. Sarah s'attendrit sur ces œuvres, puis les envoie rejoindre la pile qui monte au fond du carton, en compagnie de vieux cahiers et autres reliques.

Elle passe ses bibelots en revue, élimine les éclopés, ceux qui sont sans tête ou sans pieds — quitte à faire quelques exceptions. Elle retrouve l'ongle de Charlotte, celui qu'elle avait eu tant de mal à tailler ; il rejoint sur l'étagère les bibelots sauvés du grand tri.

Tout au fond d'un tiroir, un sac de papier est resté coincé. Sarah l'extirpe de sa cachette. A l'intérieur dort une souris de sucre. Son museau n'est plus si pointu, les années l'ont fait fondre un peu, pour ne rien dire des petits coups de langue que Sarah lui donnait de temps à autre, naguère. La queue de ficelle est restée en place, mais le petit corps a tout de la bougie molle.

Sarah remet la souris dans le sac et laisse tomber le tout dans le carton des choses à jeter.

l'Atelier du Père Castor présente

la collection Castor Poche

La collection Castor Poche vous propose :

- des textes écrits avec passion par des auteurs du monde entier, par des écrivains qui aiment la vie, qui défendent et respectent les différences;
- des textes où la complicité et la connivence entre l'auteur et vous se nouent et se développent au fil des pages;
- des récits qui vous concernent parce qu'ils mettent en scène des enfants et des adultes dans leurs rapports avec le monde qui les entoure;
- des histoires sincères où, comme dans la réalité, les moments dramatiques côtoient les moments de joie;
- une variété de ton et de style où l'humour, la gravité, la fantaisie, l'émotion, la poésie se passent le relais;
- des illustrations soignées, dessinées par des artistes d'aujourd'hui;
- des livres qui touchent les lecteurs à différents âges et aussi les adultes.

Un texte au dos de chaque couverture vous présente les héros, leur âge, les thèmes abordés dans le récit. Vous pourrez ainsi choisir votre livre selon vos interrogations et vos curiosités du moment.

Au début de chaque ouvrage, l'auteur, le traducteur, l'illustrateur sont présentés. Ils vous invitent à communiquer, à correspondre avec eux.

CASTOR POCHE
Atelier du Père Castor
7, rue Corneille
75006 PARIS

201 **jamais deux sans trois**
par Théa Dubelaar-Balzamont

Malgré le panneau « défense d'entrer », les jumeaux Rob et Rose pénètrent sur un chantier de construction. A l'aide d'une planche, ils descendent explorer les recoins d'une fosse aux murs de béton. Mais la planche casse... Les jumeaux sont bloqués au fond. Une petite fille entend leurs appels. Elle tente de les aider à sortir mais glisse à son tour. Ils sont trois maintenant dans le trou et la nuit tombe...

202 **la chanson de Dicey**
par Cynthia Voigt

Après un été d'errance, les enfants Tillerman vivent chez Gram leur grand-mère. Gram ne se laisse pas facilement apprivoiser. L'acclimatation n'est simple pour aucun des quatre enfants. Un drame et un profond chagrin fourniront l'occasion de découvrir la force des liens qui se sont tissés entre les enfants et la vieille dame...

203 **hot-dog ou petit pain au chocolat**
par Marie Page

Nés d'un père britannique et d'une mère française, Alex, 13 ans, et sa jeune sœur Caroline vivent depuis toujours au Québec. Ils se sentent « internationaux » comme le dit Alex dans ses mémoires qu'il rédige en secret. Mais Caroline découvre le livre de son frère et n'hésite pas à intervenir à sa façon...

204 **Matilda, la petite robote**
par Philip Newth

Sam, 11 ans, s'ennuie à la maison jusqu'au jour où arrive Matilda, un robot domestique programmé pour commander les commissions, faire le dîner et aider Sam dans ses devoirs. Mais voilà, Matilda est en fait à moitié déglinguée et ses réactions sont imprévisibles...

205 **Julie et le pantin**
par Philippe Cayeux

Julie, neuf ans, s'ennuie. Il lui manque vraiment un ami, un confident. C'est un étonnant pantin de bois, un jouet de rien du tout qui devient son compagnon de tous les instants, l'ami inséparable qui va transformer sa vie. Mais il y a aussi Rémi, le copain de classe...

206 **Contre vents et marées (senior)** Tome 1
par Nancy Bond

Paul Vickers et sa famille viennent de s'installer au cœur d'une région particulièrement touchée par la crise. La côte est bordée de villes fantômes, désertées depuis longtemps. C'est ce décor poignant que Paul explore à vélo au cours de l'hiver qui suit son arrivée. Il y fera des rencontres qui vont bouleverser sa vie...

207 **Contre vents et marées (senior)** Tome 2
par Nancy Bond

Paul Vickers fait la connaissance de plusieurs autochtones, tous dotés d'une forte personnalité : Maggie, écologiste fervente, Gabe, ancien marin-pêcheur, et Micky, une fille de onze ans, farouche et indépendante. Avec ses nouveaux amis, Paul se retrouve embarqué dans une opération de sauvetage peu ordinaire et n'hésite pas à braver les institutions en place...

208 **Mystérieuse Garance**
par Nicole Schneegans

Hugo, le cordonnier poète, raconte à ses petits-fils une drôle d'histoire d'amour. Tout a commencé par un coup de foudre lorsque Hugo a découvert Garance, princesse du pays du JE-NE-SAIS-QUOI, pour aussitôt la perdre de vue. Fou d'amour, Hugo se lance à sa recherche à travers d'étranges pays. Mais Garance est toujours ailleurs. Son rêve se fera-t-il réalité ?

209 L'été des chats sauvages
par Mary Riskind

En arrivant dans leur maison de vacances, Vicky et son jeune frère Steve découvrent des chatons abandonnés. Avec Lynn, leur amie, ils luttent pour sauver les deux chatons qui affirment bien vite un tempérament sauvage. Leur comportement ne ressemble en rien à celui des autres chats. Cet été-là va se révéler riche en épreuves et en découvertes...

210 Défense d'entrer par la fenêtre
par Florence Parry Heide

Noah n'est vraiment pas heureux. Ses parents viennent d'emménager dans un lotissement désert. Son père lui trouve mille corvées à faire et sa mère passe son temps dans les livres. Mais l'imprévu sonne à la porte et entre par la fenêtre...

211 Janus, le chat des bois
par Anne-Marie Chapouton

Depuis qu'il a été chassé de chez les hommes, Janus le chat vit dans les bois. Il mène une existence solitaire car les autres animaux sauvages ne veulent pas le reconnaître comme l'un des leurs et le rejettent. Seul Cloche, un écureuil déluré, lui offre son amitié. Ensemble le chat et l'écureuil vont avoir à surmonter de nombreux obstacles. Janus aura bientôt l'occasion de lui prouver sa fidélité...

212 Un barrage dans la vallée (senior)
par Jacques Delval

Marcel découvre, fasciné, la vallée qui s'étale sous ses yeux, baignée de soleil. Après sa vie parisienne mouvementée, a-t-il enfin trouvé l'endroit paisible qui lui permettra de reprendre son souffle ? Marcel ne se doute pas que ce village perdu de Haute-Provence cache, lui aussi, un secret. Un danger mortel plane sur ses terres, ses vignes, sur ses oliviers et ses maisons...

213 **Des docks au ring (senior)**
par Martin Ballard

Moggy Harris, quatorze ans, doit quitter l'école pour ramener de l'argent à la maison. Fils de docker, il sera docker lui aussi... Pourtant Moggy ne peut s'empêcher de rêver à une éventuelle carrière de boxeur. Il est prêt à tout pour échapper à une vie de pauvreté et de travail incertain dans les docks de Londres en ces dures années 20.

214 **Le grand réparateur**
par Guy Jimenes

Quelle aubaine ! Pierre peut faire toutes les bêtises qu'il veut. Le Grand Réparateur, ce mystérieux garçon qui apparaît dans les miroirs, les répare avant que Mémé ne les découvre ! Mais peu à peu l'autre se révèle moqueur. Comment se libérer du pouvoir du Grand Réparateur ?

215 **Le penseur mène l'enquête**
par Christine Nöstlinger

Daniel dit « le Penseur », Michaël « le Lord », et Otto dit « As de Pique » forment avec Lilibeth le petit clan très soudé de la classe de 4e D. Après une succession de vols commis dans la classe, le Lord est accusé. Ses trois amis, convaincus de son innocence, mettent tout en œuvre pour trouver le coupable.

216 **Complainte de la lune basse (senior)**
par Scott O'Dell

L'arrivée des soldats blancs, les Longs Couteaux, dans le cañon de Chelly, bouleverse la vie paisible des Indiens Navahos. Ils saccagent le village et brûlent les récoltes. A demi-morts de faim, Matin Ensoleillé et les siens doivent se rendre aux soldats. La tribu entière entre en captivité. Mais Matin Ensoleillé garde l'espoir d'une vie meilleure...

217 **Saute-Caruche (senior)**
par Anne Pierjean

Du jour au lendemain, Romain Bréton, le sans famille que tous appellent Saute-Caruche, se trouve nanti d'ancêtres. En remuant le passé, la vieille Delphine se souvient : n'a-t-il pas dansé, autrefois, d'un peu trop près avec Toinette ? En tout cas, à la ferme des Quatre-Peupliers, il y a une Marion de 15 ans qui lui ressemble...

218 **La frontière interdite (senior)**
par Werner J. Egli

Diego vit à Santa Valera, un village mexicain niché dans les montagnes. Comme tous les habitants, Antonio Flores, son père, s'est endetté et ne peut rembourser. Il ne voit pas d'autre solution que d'abandonner sa terre et d'emmener les siens chercher du travail aux États-Unis. Un passeur leur fait franchir clandestinement la frontière. Mais les voilà déposés en plein désert...

219 **Le dernier des vampires**
par Willis Hall

La famille Hollins traverse la Manche pour la première fois. Quinze jours de vacances sur le continent, c'est l'aventure, surtout lorsqu'on ne sait pas lire une carte ! Un soir, Albert, Euphemia et leur fils Edgar plantent leur tente au pied d'un château biscornu. D'une tourelle s'échappe une étrange musique. Des yeux luisent dans la nuit...

220 **Le nouveau**
par Ingrid Kötter

"Je m'appelle Thomas Bott, j'ai neuf ans, et dans le quartier de Berlin où nous venons d'emménager, on m'appelle le Nouveau. Nous n'avions aucune envie de déménager, mais Papa au chômage, la décision a été vite prise. Ici, personne ne se parle, alors pour faire connaissance avec les voisins, nous avons sonné à toutes les portes. Et cela nous a réservé quelques surprises...

221 **Le propriétaire de cathédrale (senior)**
par Roger Judenne

Le professeur Jean-Baptiste Dieu prend possession de la cathédrale de Chartres, achetée par l'un de ses ancêtres comme bien national en 1789. Depuis ce jour, les portes restent closes, toutes les tentatives pour y pénétrer tournent mal. Jean-Baptiste Dieu reste invisible... Seul un chat noir au regard inquiétant rôde sur le toit de l'édifice. Bientôt on parle de diableries...

222 **Les dépanneurs invisibles**
par Edouard Ouspenski

Dès la livraison du nouveau réfrigérateur, Frigori part à la rencontre de ses collègues, les dépanneurs invisibles. Chacun a installé dans un coin de son appareil ménager un petit domaine à lui. Ils ont leur propre système de communication pour la commande des pièces détachées... Tout fonctionne à merveille jusqu'au jour où les petits hommes garantie doivent affronter une armée de souris...

223 **Quatorze jours sur un banc de glace**
par Miek Dorrestein

En Hollande, le 13 janvier 1849, Klaas Bording et ses deux fils partent pêcher dans le Zuiderzee gelé. La pêche est si miraculeuse que les trois hommes décident de continuer malgré la nuit. Mais au petit matin, le dégel a commencé, la glace dérive ! Durant quatorze jours les trois pêcheurs vont errer sur la glace...

224 **Marika**
par Anne Pierjean

Dans une école de montagne, Marianne Arly accueille une nouvelle parmi ses élèves. Mais Marika est différente des autres, avec son regard de renard pris au piège et elle se montre agressive. D'où vient-elle ? se demande Chris, pourtant prêt à lui offrir son amitié. Avec l'aide de Marianne, il tente d'apprivoiser la “sauvageonne”...

225 **Sycomore du petit peuple**
par Andrée Malifaud

Sycomore et sa famille sont les derniers représentants du Petit Peuple. Pas plus hauts qu'une main, ils habitent un terrier de souris, dans la maison d'une vieille dame. Un jour, la maison est vendue. Sycomore, le musicien prodige, rencontre les enfants des nouveaux propriétaires eux aussi musiciens, et c'est le début d'une merveilleuse aventure...

226 **Chien perdu**
par Marilyn Sachs

Je ne me souvenais plus de mon oncle ni de ma tante. Bien qu'ils m'aient accueillie gentiment, je ne me sentais pas chez moi dans leur appartement tout blanc. L'ennui, c'est que je n'avais nulle part où aller. Mes parents étaient morts. Personne d'autre ne voulait de moi. Et quand j'ai retrouvé Gus, le chien de quand-j'étais-petite, les choses se sont encore compliquées...

227 **Mon pays sous les eaux**
par Jean-Côme Noguès

Juillet 1672, Peet quitte la maison familiale pour se placer comme garçon d'auberge. La Hollande est paisible quand tout à coup, c'est la nouvelle : Louis XIV envahit le pays... Un soir, Peet monte un pot de bière à un étrange voyageur. Qui est-il ? Quel est son secret ? Quand le jeune homme l'apprendra, il en frémira...

228 **Lucien et le chimpanzé (senior)**
par Marie-Christine Helgerson

Dans un village près de Mâcon vivent le Grand-père et Lucien, un garçon de neuf ans dont les yeux immenses ignorent les gens et que tous appellent « la bête ». Au château, deux jeunes professeurs s'installent pour tenter une expérience : communiquer par gestes avec un chimpanzé. Et si, au contact du singe, Lucien apprenait à parler avec les gens... ?

229 **Anna dans les coulisses**
par Betsy Byars

Anna ne monte jamais sur la scène. C'est dur de chanter faux dans une famille de choristes ! Anna se sent rejetée, exclue. Un jour, un oncle oublié, tout juste sorti de prison, surgit dans la vie des Glory. Grâce à lui, et à la suite d'un drame, Anna va prendre confiance en elle.

230 **Un poney pour l'été**
par Jean Slaughter Doty

Ginny est prête à pleurer. Elle qui a toujours rêvé d'avoir un poney, voilà que le seul qu'elle peut louer pour l'été est une drôle de petite jument, à moitié morte de faim. Mais à force de soins et d'affection, le poney prospère et transforme des vacances qui promettaient d'être décevantes, en un merveilleux été.

231 **Mélodine et le clochard**
par Thalie de Molènes

Un clochard sort de l'ombre, se penche sur la vitrine éclairée de la librairie et lit passionnément un ouvrage d'astronomie... Il reviendra chaque jour et sa présence insolite servira de révélateur aux habitants de l'immeuble, en particulier à Mélodine et à Florence sa grand-mère qui l'a élevée...

232 **Personne ne m'a demandé mon avis**
par Isolde Heyne

Inka vit dans un foyer pour enfants en R.D.A. A l'occasion de son dixième anniversaire, elle exprime deux souhaits : avoir des parents adoptifs et être admise à l'École de sport. Un jour, dans la rue, une femme l'aborde à la dérobée, et lui annonce que sa mère, qu'elle croyait morte, vit en R.F.A. Loin de la réjouir, cette révélation inquiète Inka qui craint que sa vie n'en soit bouleversée.

233 **Une famille à secrets (senior)**
par Berlie Doherty

L'adolescence de Jeannie n'a rien de facile. Un père ombrageux, une mère qui s'enferme dans le silence. Dans sa famille, on se déchire d'autant mieux qu'on s'aime pour de bon. Pour les trois aînés, accéder à l'indépendance ne se fera pas sans heurts ni choix douloureux.

234 **Les trois louis d'or de Maria (senior)**
par Anne Pierjean

Maria pleure devant les œufs qu'elle vient de casser. Mandrin, qui passait par là, lui donne un louis d'or et la traite de « fille à marier ». Subjuguée, Maria pense à Benoît, le confident de toujours. Mais il y a d'autres filles et d'autres garçons sur les routes de leurs vies...

235 **Mon ami le clandestin**
par Ilse-Margret Vogel

Arkhip avait besoin d'aide pour pouvoir retourner dans son pays, en Russie et Papa l'a caché chez nous. Cet inconnu est devenu un ami merveilleux. Nous ne parlions pas la même langue et pourtant nous partagions tout. Nous étions complices, dans les joies comme dans les peines. Complices, même si la vie un jour nous séparait...

236 **Caribou et le renne aux yeux d'or (senior)**
par Mérédith Ann Pierce

A treize ans, Caribou se voit confier, contre son gré, un étrange bébé. Elle s'attache à l'enfant, et refuse longtemps de voir que ce ne sont pas seulement son teint clair et ses cheveux d'herbe sèche qui le rendent différent. Cet être qu'elle aime farouchement, est-il humain ? La tragédie qui frappe alors son peuple entier lui permettra de le découvrir...

237 Coutcho
par José Luis Olaizola

La grand-mère de Coutcho n'y voit pas grand chose et a de plus en plus de mal à exécuter des travaux de couture. Débrouillard, Coutcho, à neuf ans, trouve des petits métiers pour rapporter un peu d'argent à la maison. Les rencontres qu'il fera dans les rues de Madrid résoudront finalement bien des problèmes...

238 Virage en ligne droite
par Gérard Hubert-Richou

Après une partie de bicross, je faisais une pause sur le pont qui enjambe l'autoroute quand je vis une Golf noire perdre une roue. Et ce fut le carambolage, les voitures qui se heurtent, hurlent, s'encastrent à n'en plus finir. Puis l'atroce silence. Et les jappements affolés de ce petit caniche doré. Alors que s'est-il passé dans ma tête ? J'ai dévalé la pente de l'autoroute et ma vie a pris un grand virage...

239 Si on jetait l'ancre
par Simon French

Changer de cadre, changer d'école, Trevor en a l'habitude : depuis l'âge de quatre ans, il vit en caravane, avec ses parents qui sillonnent l'Australie au gré des emplois saisonniers. Le temps de se faire des amis, et déjà il faut repartir... Jusqu'ici, Trevor a réussi à s'adapter partout. Mais cette fois tout se passe différemment...

240 Son premier souffle
par Gérard Hubert-Richou

Cécilia, douze ans, et ses parents passent le mois d'août à la campagne. Sa maman, enceinte, a souhaité l'isolement. Son père doit s'absenter laissant Cécilia et sa mère seules quarante-huit heures. Il n'y a pas à s'inquiéter : le bébé n'est prévu que pour le mois prochain. Oui, mais voilà, un orage coupe le téléphone et le bébé s'annonce...

Cet
ouvrage,
le deux cent
cinquante-troisième
de la collection
CASTOR POCHE,
a été achevé d'imprimer
sur les presses de l'imprimerie
Brodard et Taupin
à La Flèche
en mars
1989

Dépôt légal : avril 1989.
N° d'Edition : 15999. Imprimé en France
ISBN : 2-08-161986-5
ISSN : 0248-0492